釣石美水
Tsuriishi Bisui

河　口

河口

海沿いの国道に掛かる橋を渡る。かなり減速しないと通り過ぎてしまう短い道端の花壇の切れ目が川岸に続く細道の始まりだ。左折で侵入するのだが、軽自動車には苦労はない。海に向かって一〇〇メートルほど続く、遠目にもいくつかのクラックが見える堤防にはシラスウナギを捕る掘っ立て小屋があった。

近くの釣具店の店長からは、それからさらに一〇〇メートルぐらいのところが一番水深があると聞いていた。なるほど、時々海に向かう遊漁船は、舵を右に切ってコンクリート護岸に近いところでスロットルを下げて航行していた。ここを抜けると、今度は左に舳先を向け、対岸の消波ブロックのそばを通って慎重に外海に出るとエンジンを唸らせて沖へと向かっていくのだった。これで、ほぼ地形は頭に入った。昼間のうちに来ておくのはこのためだ。

勝《まさる》は店長の言っていたあたりまで、川っ縁のサイクリングロードを滴る汗を拭えないまま歩いた。やっと道具を下せた。魚を持ち帰るクーラーバッカンからペットボトルを取り出した。その冷水をごくごくと喉を通過させると、欄干に両肘をついてしばらく目を閉じた。瞬時に再びじわっと汗が噴き出た。胸の鼓動が落ち着き、普通なら決して爽やかとはいえない海風が、この時は救いだった。

釣りに携行するなど夢にも思わなかった剪定鋏を、括り付けておいた竿袋からロープをはずして手に取った。シャキシャキと数回音を立ててから、おもむろに欄干の外側に足場を作り始めた。

まだ日が高く日陰のない河口の土手の草刈りで、再び湯上りのような汗に、これから釣りをする気力もなくなりそうだった。とはいえ、野ばらの勢いが目立つ土手で怪我をしたくないし、日暮れてから道糸を引っかけたくないし、それから茂みのとれたところで殺虫剤を噴射して少しでもヌカカの襲来が避けられればという思いから労を惜しまなかった。こうしておけば陽の光が差し込み、次回は鋏を置いてこられるだろうから、荷物も減ると思うだけの小さな恩恵が汗を忘れさせた。

満潮の午後七時頃を挟んだ二〜三時間が一勝負だ。勝は再びクーラーバッカンからペットボトルを取り出して水分を補給すると支度に取り掛かった。

狙いはキビレだ。標準和名はキチヌ。仕掛けはクロダイに準ずるが、イナッコの群れが多いし、まだ潮回りも大きいのでスズキが回遊してくることも想定し、一・七五号のハリスを半ヒロほど取り、小さなヨリモドシ一つに結んだだけの寝浮子仕掛けだ。餌は安価な青イソメを二匹チョン掛けだ。ぶっ込みで使うユムシや、匂い効果の大きな岩イソメは学生には高価なのでこれだけで勝負することにしていた。

餌を付けるだけとなったが、そうそうタイドグラフ通りに自然は動くものでもない。西日が背後から照り付け、川向うの水田地帯からはるか先の岬までオレンジに染めていた。すでに灯台に明かりが灯り始めていた。まだ潮位は低く雨が降っていないせいか、河口の水は澄んでいて暗くなるまで釣りにはならない状態だった。

車を降りてからの労働後に補給した水分も袖口に溜まっていた汗もすっかり乾いていた。勝はいよいよ空腹になっていた。釣りに夢中になると食べることを忘れているのだが、今日は少々勝手が違う。コンビニの焼きそばパンとカレーパンにメロンパン、それに缶コーヒー。一つ一つを味わいながら食した。

餌を付けないまま欄干に立掛けられた一号のチヌ竿からは、まだ点灯されていない電気ウキが夕凪の柔らかな風にわずかに揺れ、タモ網が出番を待ちわびていた。何年も釣りをしてきて、こんなにのんびりとした孤独を経験したことがなかった。

大学の釣りクラブではイシダイ狂集団の一員で、伊豆諸島や九州遠征の時は弁当に雨水がかかろうとも穂先からは目を離さず、ウニの匂いが鼻を衝く紫の手で、箸だけが口と弁当を行き来する。そんな常識離れの行動が罷り通る一人だ。イシダイ一枚を釣るために、五十万円と言われる何とも不経済な趣味だ。事実、勝の同学年のイシダイ狂は『老人と海』のサラオがまさに三年続いていた。

貧乏学生には不可能な釣りに思えるが、この麻薬から逃れられず、社会人になって細君のいる身になりながら、呆れられて悲劇になる御仁も少なくないという。この人種にとって、アルバイトのほぼ全ては、ここに費やされるための資金稼ぎである。身近な他の釣りにはぎりぎりの費用でしのぐものだ。傍《はた》から見れば、釣りバカというのは手の付けられない馬鹿でしかない。

勝は文学部英文科の所属でもっぱら作品を読んでのレポート書きが職務だが、三年生の昨年は、教職の授業で教育学部との往復が日常だった。それでも、都合の付く限り、先輩の親父さんが経営するドライブインを手伝ったり、近所の子供の勉強を見てやったりして資金調達に余念がなかった。

今年は、卒論以外にはさほど多くの授業もなく、やや時間的にも精神的にも余裕ができていた。

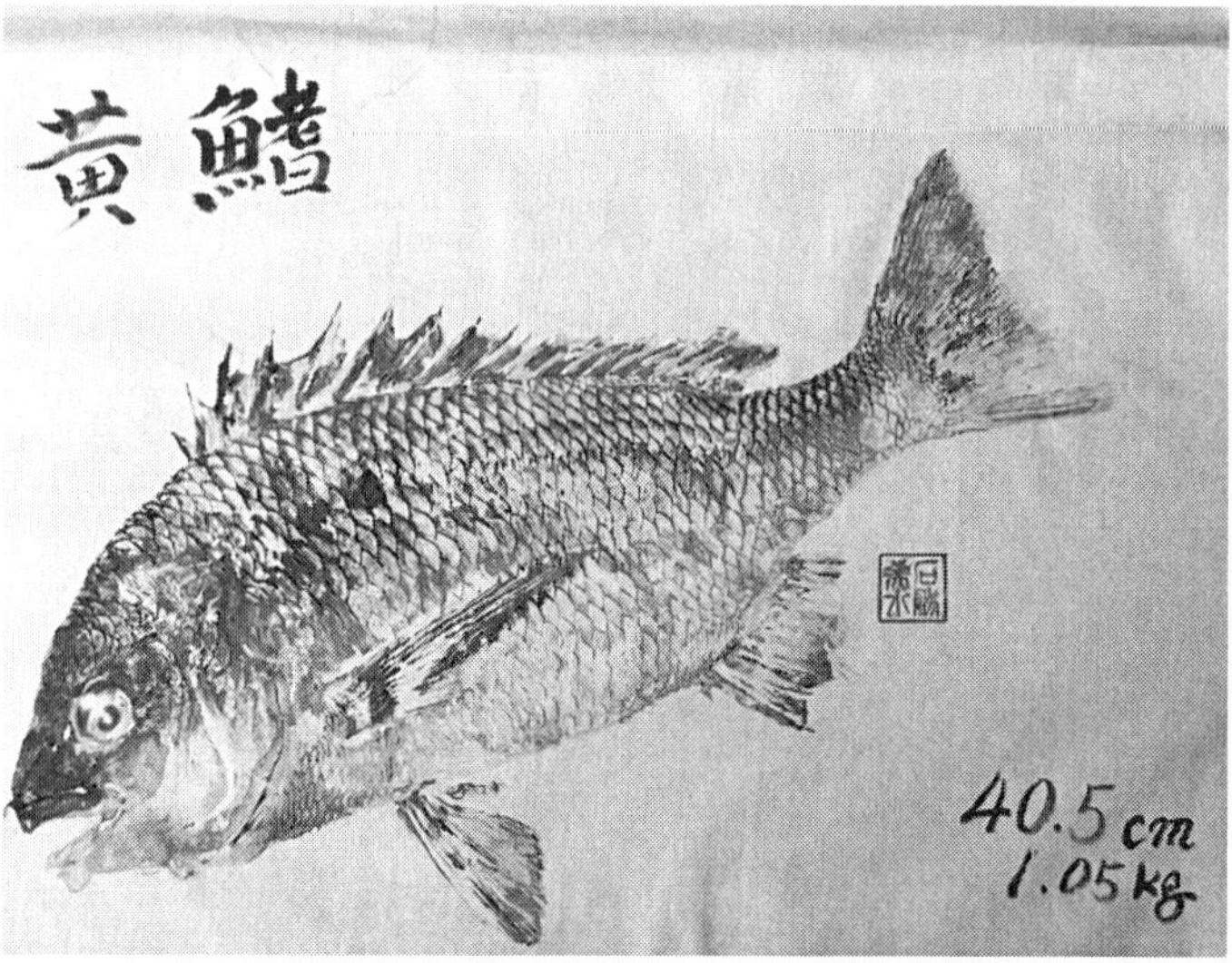

河口の変化は凄まじい。あっという間に潮が差してきた。素早く電気ウキのリチュウム電池を差し直す。きっちりウキの上下をねじり締める。チョン掛けした餌を潮上一五メートルほどで、岸から一メートル離したあたりに瞬時に、しかも静かに投餌した。

ターゲットは潮に乗って岸近くや、牡蠣礁にいる甲殻類や小魚などを捕食しに来るので時間を間違えてはアウトだ。

ここは外海への出口のテトラ周辺に向かって潮が入り込み、蛇行してこちらに回り込んでくる潮流とそれを後押しする後続の波、そして海に出ようとする川の流れが複雑にベクトルを変えるため流れはしょっちゅう変わってしまう。川の上流から河口に向かって一定方向に流れるのは、総じて下げ潮の時だけである。

それだけではない。大潮の干満差が最大になる潮回りの干潮時には、岸から数十メートルは泥深い干潟となり、水がある時はウナギ獲りの竹筒を結び付けた支柱が頭だけを出しているが、その全てが地表に露出してしまう。幾本も並んで据えられているので、大型をかけた時のやり取りでは重要な回避区域だ。同時に、牡蠣礁の位置をはっきりと知ることができるので頭に入れておけば、夜釣りでの餌の投入点の精度を高め、根掛かり低減にも大いに役立つのだ。

薄暮の満ち潮では、答えはすぐに返ってきた。ゆらゆら漂う寝ウキが数メートル近づくと突然停止して立ちウキに変わった。入れたばかりの電池でウキは煌々と赤色を放っている。数回揺れたと思うと、斜めになりながらスローモーションで水中へとシモり、ぼけた光に変身してホバリングしている。ここでアワセを入れれば、バレル確率が高い。奴は確実に餌を咥えたまま飲み込まないでいる。澄潮に塩分濃度が濃いせいで活性が今一つなのかもしれない。

取り敢えず、走るまで待つしかない。針先が魚の尾の方向に向かなくては確実には掛からない。

じれったくも辛抱の時だ。しばらくすると、勝機は勝に傾いたのか我慢の時は以外に短く、シモっていた電気ウキは上流方向に走り始め五つ数えてアワセをくれると、ずっしりとした重量感とともに、ドラグから道糸がずるずると出た。が、ほどなく止まり、首を振り始め数回の突っ込みをいなして水面が割れると、月明りにその姿を捉えることができた。タモ網に収まると会心の笑みがこぼれた。

まだ腰までしかないような水深でも日が沈めば、彼らは確実に餌を求めて河口へとやって来る。勝は満足げに一キロを超えるキビレをクーラーバッカンに泳がせエアーポンプのスイッチを入れた。擦れたハリスを取り換えて再び餌を落とすが、何度入れても反応がない。もう潮が差し込んで水深も一ヒロを超えており間もなく潮止まりになろうとしていた。

ここから下げに入れば塩分濃度が減って食いが立つと判断した。静かな夜の時間が星の動きとともに過ぎていくのに身を任せながら、焦らずその時を待った。それはそれでいいものなのだ。

下げ潮が動きだすとセイゴの入れ食いとなり餌が持たない。思い切って沖目の牡蠣礁の際を攻めると、流れていた寝ウキがピッと立つなり今度はそのまま手前に走り始めた。真っすぐに竿をあおれば抜けるかもしれないと思い、勝は竿を左に寝かせてアワセを入れた。これが功を奏し一匹目の魚と同じ型を捕った。針は口の右側でカンヌキに掛かっていた。

狙い通りの釣りは釣り師に満足感と自信をもたらし、帰路の足取りは軽くなるものだ。夜通し竿を振り夜が白んでくると、セイゴの魚信も見事に消えた。釣った魚を〆て血を抜いた後、この時のためにとっておいた氷を砕いてクーラーバッカンに敷き詰め魚が氷に直接触れないようにぼろタオルに包んだ。大きくて尻尾まではくるめなかった。

サイクリングロードを散歩する人の姿がちらほら見え始めたので、竿をたたみ始めると、「釣れましたか?」と、明け方に鳴いたキジの声とは似ても似つかぬ爽やかな女性の声に手が止まった。むしろドキッとした。いくらサイクリングロードの散歩道とはいえ、こんな早朝に釣り場に現れるような人物ではない。色白で目鼻立ちの整った、黒髪を一つに束ねた、いかにもアスリートのようなその女性は淡いピンクのジョギングスタイルで、額の汗を首に巻いたスポーツタオルで拭いながら呼吸を整えていた。

大学の所属学部においては女子学生が多い環境だが、子供時代から根っからの釣り好きで、そんな志向の男と付き合いたい女などあまりいないだろうと常々思っているのだ。そのため、必要以上にキャンパスでも女性と言葉を交わすことはないままだった。家族も三つ上の兄と両親と祖母の五人で、およそ異性を意識しなければならない環境ではなかった。

が、今は釣り場で女性に問いかけられている現実にいるのだ。考えもしない異性を前にして素直に興奮している自分を悟られるのが恥ずかしいので、「この河口はすごいですね」と、よそ者であることを暴露する表現で返した。すると、「えっ、何が釣れたんですか？」と再び爽やかな声が勝の心臓に響くのだった。

釣りというか魚というか、それらに対する女性の好奇心が感じられ、勝はクーラーバッカンのチャックのつまみを回してふたを開け、「こんな感じですよ」と、尻尾だけが露出している釣果を披露すると、彼女は背を曲げてのぞき込むや、「すっごーい！　ここで、こんなに釣れるんですか？　なんという魚なんですか？」

矢継ぎ早に尋ねられ、この女性との会話がすぐには終わらなかった。好釣果に恵まれたこともあって、釣り場には似付かぬ女性の出現に戸惑いながらも、勝に好感をいだいてくれたようで突然の楽しいひと時となった。勝は、パンが入っていたレジ袋にキビレを一枚入れて女性に差し出した。

「えっ、よろしいんですか」

「大漁の時はプロ漁師さん同様釣り人も気前がいいものなんです」

「そうなんですね。それじゃ遠慮なくいただきます」

「魚はもう〆てあります」

「魚を〆てある……ですか？」

「はい、釣った魚は鮮度を保つために〆るんですよ。その……つまり、鰓を切って頭を下に向けて血を抜いてしまうことでおいしくいただけるということなんです」

「なるほど。スーパーでしか魚を買った記憶がないもんですから」

「釣りをされない限り、みなさんそうだと思います」

「うわあ、ちょっと勉強させていただきました」

「いえいえ、そんなに感心されるようなことではないですから。それより、気温が高いので傷まぬうちにお持ち帰りください」

「ありがとうございます。それじゃ、急いで持ち帰って冷蔵庫に入れます」

「そうして下さい」

女性は軽く会釈すると、踵を返して足早にサイクリングロードを国道方向に戻っていった。

これほど初対面の女性と話をしたことは一度もなかった。今までの人生で感じたことのない不思議な気持ちが体中を覆い尽くしていた。

この川の釣りをもっと研究したい気持ちが消えないのはもとより、彼女への淡い思いから離れられなくなった自分を否定する余地もなかった。


翌週末、同じ釣りを展開しようと車を降りて、また汗をかきながらあの釣り場へと向かった。近くの釣具店にはここへ来る前に先週の釣果の写メを店長に見せ、喜んでもらったうえで餌を購入してきていた。

潮回りは半月の小潮になっていたので、干満差は一メートル程度になるものの、流れが緩くソコリとなっても釣りになる水深は残る。キビレには好条件かもしれない。午後三時ごろにソコリとなるこの日は、やはり夕立の雨では河口は濁らず、川底まで透き通り、駆け上がりから岸を向いて並んでいるデキハゼの顔が見えるほどだ。広く沖目に視線を移せば、屈折も手伝ってますます大きく見える卵胎生のアカエイがこれでもかというほど入ってきており、もはや探さずとも、目を向ければ映る始末だ。イナッコの群れは相変わらずで、静かに泳いでいるのはスズキの捕食のスイッチが入っていないか、不在なのだろう。

西日が傾く前の青空を見上げると、トビが数羽聞き慣れたあの声を発しながら弧を描いて飛翔している。彼らを気にも留めない一匹オオカミでありながら、地上から目に映る姿は純白の衣を纏っていて美しさが先行する—そんな鳥がホバリングしている。同色の鳥が持つスピリチュアルメッセージは「癒し」であるのに、その卓越した狩のダイビングを眺めていると、異なるペルソナを有する魔の鳥かと思ってしまうのだ。どうやらこのミサゴは今夜の食料調達に成功したようで、上流の山方向へと獲物をぶら下げて悠々と飛び去って行った。こう澄んでいてはやはり、勝負は日暮れからと、来るべき時を待つしかないのだった。

いつの間にか釣りから離れて、自分を取り巻く身近でありながら立ち止まらなければ気付かぬ自然の営みを自分の目で撮影し終えて脳裏に保存すると、クーラーボックスに腰を下ろした。先週末同様、ペットボトルの水が滝となって喉を滑り落ちていく。好物の焼きそばパンをむさぼり、続いてハムカツサンドをカフェオレとともに胃に送り込んだ。

上げ潮が動き始めるや、河口の静寂がイナッコのざわめきで破られた。それは、フィッシュイーターのお出ましを意味するので、のんびりと夕食をしている場合ではないと目が覚めたのだった。もっとも、先週末に釣ったキビレの胃には、カニとハゼが詰まっていたので、そのイミテーションに近いワームとそれらに合うジグヘッドを用意してきてはいた。が、どうも電気ウキの釣りから抜けられなくなっていたのか、竿はつなぐ方ではなく、引き出す振出仕様に電気ウキが点灯していた。

勝にも釣り人特有のこだわりがあり、釣れれば釣り方は何でもよいというわけにはいかなかった。潮が小さいと活性は変わるのかとか、魚は小型が多いのかとか、食性がこの日は違っているとか、自分なりのデータ集めはこの世界でも重要であるし、いわば、釣りというものは、サイエンスであることを忘れてはならないからだ。だから、まずは同一のタックルで対峙したいのだ。もちろん、仲間がいれば、互いに同じウキ釣りでもウキ下や餌を変えてやってみることは価値がある。しかし、今日も一人の釣りなので、当たらなければジグヘッドを試すつもりではいた。それでも、薄暮の時間帯に三五センチを一枚捕れたので、今夜もウキ釣りがいけると期待し始めていた。

岬の灯台の光が目に入るようになると小セイゴがうるさい時間が続き、餌が朝までもたないと判断して、釣り場を休ませることにした。満月の時よりはるかに暗いので、星の煌めきが都会の空とは次元の違うレベルであることは言うまでもなく、勝は誰も通らぬサイクリングロードであおむけになった。

昼間の太陽の熱が残ってはいるが、ボーズを免れ自分の予測が的中したことに満足していたので、ほどなく意識が飛んでいった。小一時間「夕寝」してしまったが、ほど良い休憩だったのか、俄然やる気が湧いてきた。もし、餌が無くなったらジグヘッドを試せばよいのだと言い聞かせ、小セイゴ軍団の攻撃には屈しない覚悟をした。たとえ彼らが自分の身の丈ほどもある青イソメにも果敢にアタックしてくる生粋の肉食魚なのであろうとも。

ところが、電気ウキは左右に流れを変えるもののとろとろとした緩やかなもので、彼らの攻撃も忘れたころにぴくぴくとついばむ程度だった。針掛かりする数は劇的に減ったが、針をのまれた奴は放流できないのでクーラーボックスにレジ袋を入れて、その中に貯めておいた。釣っては放し、釣っては放しを続けていたが、すでに両手の指の数を超えていた。

イナッコを捕食していたスズキやフッコが食ってこないのは潮切れがよくないからだろうか。他のエサには見向きもせず、イナッコだけに狙いを定めているのだろうか。確かに、小セイゴ軍団に狙われれば大型が食う前に空バリも同然になってしまう。なぜなら、餌はチョン掛けだからだ。それでも、そのようなじれったい時間にも型物は突然やってくるものだ。特に、小物のアタリが途絶えたときは要注意だ。

二一時を回り満潮の潮止まりで、電気ウキは流れなくなり、あたりも静寂に包まれた。風も凪ぎ、少々蒸し暑い晩となった。小セイゴのアタリも遠のき、静穏の河口に電気ウキの赤い光だけが自然と調和しない存在だった。けれども、その明かりの下たった一メートルほど先ではその自然の中の生命とコンタクトを求めようとしているのだった。

ヘラブナのナイターを数回やったことがあるが、もともと止水の湖沼では風が凪いでしまえばウキが静止しているのは特別なことではない。ところが、今、ウキは寝ていて、そこから海まで二〇〇メートルという河口で静止しているのはいささか不思議な光景に思えた。と、次の瞬間、寝ウキがわずかに揺れた光を呈したことを勝は見逃さなかった。

小笠原の磯で七キロのクチジロを釣った時も、穂先が微妙な振動を伝えると、心臓にスイッチが入って鼓動が高鳴り始めた。一、二キロのワサとは全く異なる重々しさでゆっくりとイシダイ竿がリールシートの上まで曲がり込んでいくのと同じイメージが浮かび、臨戦態勢が整った。そして、やはり寝ウキはもう一度小さく振動した後にスッと起立し、ほどなく水中に引き込まれるとぼんやりとした赤色光となってゆらゆらと移動し始めた。「しめた！」と思ったのも束の間、浮上はしないものの動きが止まってしまったのだ。アワセを入れようと道糸のたるみを巻き取ったところでブレーキがかかった。

かつて、屋久島でイシダイ釣りの師匠が「トーナメントでタイムリミットが迫っているなら、竿に魚の乗りを感じたら勝負するけどね」と言われたことがあった。針に掛けなければイシダイはまた食いに来るので、走らなければ、基本的にアワセをくれないことを旨としていたのだ。手持ちのイシダイ釣りは自分がこの時点で、ターゲットとつながっている感覚がダイレクトなため、初めてこの状態に遭遇すると千載一遇のチャンスをどうしていいかわからなくなるのも頷ける。アワセるか、アワセぬか！

ヒラメ釣りのごとく数を数え始め二〇を数えたところでウキが浮上しないのでアワセを入れた。竿は根掛かりのごとく満月になり、何が起きたかわからぬ魚は取り敢えず抵抗し始めると首を振り、数秒後にそのリアクションは全て消え、穂先は仕掛けの重量しか感じていなかった。奴は、餌を咥えていたが他のライバルからそれを奪われないように移動しただけだったのかもしれない。勝は素直に負けを認めた。ばらせばその日はまず次はないというのが経験値だ。

河口での湖沼釣りはこの勝負で幕引きとなり、下げ潮がすぐに動き始めた。小セイゴの群れが再び来襲すると仕掛けが川底に着底出来ない。電気ウキが短く小刻みで不規則な動きのダンスをし始めるころには、餌は針先から垂れた部分は残っていない。ウキはもう動かない。それでも掛かってしまう小セイゴやチンチンは、針をのまれない限り泳いでいた水に帰らせた。餌は瞬く間になくなっていった。殺気立つ小魚の群れを回避したいが、どこに仕掛けを落とそうとも変わりはなかった。

竿を欄干に立掛けると、クーラーボックスに腰を下ろして水分補給をした。聞きなれた漁船のエンジン音が響き始めた。近くの漁港からイカ釣りに出る船のようで、エンジン音は次第に大きくなり、河口の沖の闇世界は、そこだけ真昼の空間へと変わっていった。ひと際眩しい集魚灯はかつて本当の火を灯した漁火であった歴史を思うと、違和感を覚えなかった。自分が灯したわずかな赤色電気ウキの明かりとは対照的だった。

子供のころ、昼間の釣りを覚えるまで父親は夜釣りには連れて行かなかった。自宅から歩いていける干拓地の岸壁でハゼ釣りをしていると、たまたまウキ釣りをしていた人が良い型のセイゴを釣るのを見てしまった。銀鱗を纏った、のちに巨大化するその出世魚を釣らせたいと、燃料のカーバイドとカンテラを金物屋で買ってきた。その明かりを灯し、昼間の干潮時に干潟で掘っておいたゴカイをチョン掛けにして釣らせた。

とはいえ、当時はリチュウム電気ウキはおろか、ケミホタルなどという便利なアイテムは存在していなかったので、上物の夜釣りでは苦労したものだった。

電気ウキと言えば、乾電池を入れて使う大きなもので、とても微妙なアタリが取れるような代物ではなかった。だから、カンテラの照らす範囲でできるだけ視認性の良い白塗りの桐ウキなどを漂わせるしかなかった。

リチュウム電気ウキが登場した時、昔を知る者にとっては、宝物を探し当てた思いだった。

それでもなお、赤色の光というのは病院と緊急自動車の赤色灯がイメージされてしまい、勝は不思議な感覚を残しながらその光を追うのだった。


夏のころは朝が早い。河口の土手の背後に広がる田んぼが取り囲む民家で、朝を告げる鳥が鳴くと、暗闇が紺色の世界に、そして手元は暗いが空は赤く燃え、ほどなく地平線からオレンジ色の光が水面《みなも》を染めた。この一時《いっとき》にアタらなければ、透明な河口で期待はほぼ無に等しい。

「おはよう!」と声をかけてくれたのは、自転車を走らせてきたがたいのよい一目で地元の人とわかる男性だった。ボラ捕りでさらに海にほど近いところで投網を打ちに来るのだそうだ。都会とは違い、誰もが快く挨拶を交わす土地なので、その人が誰かはどうでもよいのである。近くの宿泊所の従業員らしい若い女性がこの男性が到着するずっと前に、まだ朝告げ鳥の鳴かないうちにリズミカルに歩いていた―流行りの人気女性ユニットの歌を声高らかに響かせながら。その宿泊所に繋がるサイクリングロードは真っすぐで音を遮るものもなく、はるか彼方から暗闇の中を漂ってくるその声は徐々に成長して、竿を握ってじっと電気ウキを見つめて土手に立ち尽くしている勝の背後を恥ずかし気もなく通り過ぎていった。散歩をする人の姿が徐々に増え逆に自分が場違いな存在にも思えるが、気軽に「おはようございます」と、告げるか、そうでなければ気に留めることもなく自分の日課を進めて通り過ぎるだけだった。

餌をほぼ使い切ったので、道具をたたみかけていると、「おはようございます」という挨拶の言葉だが、瞬時にドキッとした。

「あの、これっ、この間のお礼です」そう言ってオレンジイソメを一パック差し出してくれたのは、ピンクのジョギング姿のあの女性だった。

「もう帰られるのですか?」なんとなくがっかりした調子で言葉を続けた。勝は絵にかいた餅でしかなかった期待が、いとも簡単に現実となっていることと、不思議な事に、釣りを知らない彼女がなぜオレンジイソメを持ってきているのかという二つの事が同時に起きていてなんと言葉を返してよいのか窮してしまった。そして、その様子を今度は隠すことができなかった。勝は、知り合いになって久しい女《ひと》のような気がした。

「夜に小セイゴの群れに居座られたんで、餌をみんな食べさせてしまったんですよ。それで……」

「それなら、ちょうどよかったでしょ」

「そうですね。でも、オレンジイソメのことをご存じなんですか？　というか、今日僕が釣りに来ていることを……？」

「あら、毎朝ジョギングしていて、ここはお決まりのコースなの。オレンジイソメは近くのあの釣具店の店長さんが薦めてくれたのよ。この間、あなたがくれたキビレをどう料理したらいいかわからなくて、魚を持って聞きに行ったの。あなた、この場所の研究をしたいと言っていたでしょ。週末は御来釣かなって思ったの。餌は冷蔵庫の野菜室に入れておけば夏でも四、五日はもつと店長さんが言っていたから数日前に買っておいたの」

夜通し竿を出していた眠さと疲れで朦朧とした状態で帰り支度であったところに、彼女の姿が目の前という夢のチャットタイム空間にワープアウトしてきてしまったのだった。大学のキャンパスでは感じたことのない心の動きが実感として伝わってきたのだった。

「そっ、そうだったんですか。魚を差し上げたことが、ご迷惑になってしまったんですね。申し訳ないことをしてしまいました。お金まで使わせてしまって、なんともお詫びの言葉もございません」

「あら、そんなことおっしゃらないでください。魚、おいしかったですよ。実は、家には魚を下すような包丁もないので、店長さんが半身を刺身にしてくれて、あと半分は私が頑張って煮付けにしたんです。頭とハラスも一緒に煮たのですけど、もうとろけそうな上品なおいしさを初めて知ったんです。娘も大喜びだったんです。新鮮さも光一《ぴかいち》でしたでしょ。だから、どうしてもお礼したくって……」

幸せの刹那は厳しい現実に変わり、勝手な妄想の自分が恥ずかしかったが、そんなに簡単にことは思った通りにはならないものというのが世の常識と妙に納得した。

「それを聞いて、安心しました。それなら、餌を遠慮なく使わせていただきます。ただ、……」

早朝の干潮時、澄み切った河口で、かつ夏の太陽が照り付ける時間帯では釣りにならないことを彼女に話したのだった。

「そう言われればそうね。じゃあ、夕方またくればいいじゃない」

「ええ、まあそうなんですが、昨夜釣った魚があるし、家は近くでもないし、僕は炎天下に夕方までここにいるわけにもいかないですので……」

「えっ、また釣れたんですか?!」

「あまり大きくないですけど」

「見せてください」

勝は、まだ泳がせていたクーラーバッカンの蓋を開けて魚を見せ、クーラーボックスの中の小セイゴもおいしいんですよと付け加え、レジ袋の魚を彼女に差し出した。

「同じ魚ではつまらないでしょうから、こちらをどうぞ」

「そんな。こんなにたくさんいただいてしまっては……」

「釣った魚をこれほど喜んでいただけるなんてとっても光栄なことですよ。セイゴは三枚に下してからフライにして、カツカレーのカツの代わりにすれば、娘さんもまた喜んでくれるかもしれません。この大きさの魚なら、菜っきり包丁で大丈夫ですよ。口からハリスが出ているのはハリを飲んでいるからですのでくれぐれも注意してください。今日はご主人もご自宅にいらっしゃるのでは？」

彼女が言葉に詰まりその表情に自分の失言を察知すると、勝も沈黙を余儀なくされた。ところが、お互い名前も知らない間柄ではあったが、彼女が沈黙を解いた。

「主人は、十五年ほど前に亡くなったんです。サーフィンの事故で」

「そっ、そうだったんですか。すみません、ついいい気になって余計なことを聞いてしまい……」

「いいんですよ。気になさらないでください。それより、セイゴカレーはおいしそうですね。ご迷惑でなければ、私の家で一緒に作ってくれませんか？　今日は、娘も部活が午前中ですので、帰宅したら喜んでくれると思うので」

「えっ？！　でも、私のような見ず知らずの者が……」

「大丈夫です。家は主人がやっていた店を引き継いでいるので、娘はいろんな人が来るのには慣れっこなんです」

勝は、明日が月曜日であったが大学は夏季休業に入っていて、彼女にセイゴのカレーの話をした手前、魚だけ押し付けているような気もしていたので、リクエストに応えることにした。彼女には家の場所を教えてもらい、道具を片付けてから車で向かうと言って、先に帰ってもらった。

彼女の家は来るときに渡るあの橋の手前五〇メートルほどの国道沿いで、サーフボードの店だった。店の前の客用の駐車場に止めると、〆た魚を入れたクーラーバッカンを下げて閉じている店の脇から裏に回って勝手口の扉をノックした。勝は、彼女に自分の名前を告げていなかったし、彼女からも名前を聞いていなかったので、この動作の直後、言葉に詰まってしまった。それでも、彼女にはそれが勝であるとわかっていたようで、「ごめんなさい。まだ、店を開ける時間でなかったから。どうぞ、入ってください」と、カチッという音とともに耳に入ってきた彼女の言葉に助けられたのだった。

勝手口から入ると左側が広い作業場になっていた。幾つものサーフボードが所狭しと並んでいて、未完成と思われる板も見受けられたが、作成の道具や塗料の類はどこにも見当たらなかった。勝は、そこから前方にあるもう一つの扉を開けると、そのまま通路が続き、正面が店に出る扉だが、その数メートル手前の右側に住居に入る引き戸が見えた。引き戸は彼女が開けたままなので、「失礼します」と言って彼女のピンクのスニーカーから少し離れたところに靴を脱いで廊下に立つと、「そのままどうぞ」とキッチンから彼女の声が聞こえた。声の聞こえた方に進むと、彼女が魚受け用のボールとまな板、そして菜っきり包丁を用意していた。

「家にはこんなものしかないですけど、いいかしら」

「あっ、大丈夫です」

勝は、クーラーバッカンの魚をシンクの中に置かれたボールに移すと、彼女にあげた魚と一緒に水洗いして手際よく捌き始めた。彼女は勝の脇で、目を丸くして見入っていた。

「どこで覚えたんですか」

「いつも帰りの電車を降りたら兄が道具を持ち、意識のない僕が父の背中という頃から父が捌くのを見ていて……。母は僕がまだ包丁を握れる年ではなかったので、カミソリを持たせてくれました。ハゼをたくさん捌いていて何度も指を切ったのが良い訓練になっていたのかもしれません。ウナギもやりました。どっちが食べる方かわからないくらい背骨の方に身がついてしまったりして。そんな折には、母が骨の方は二度揚げして、スナックのようなせんべいにしてくれました」

「No wonder you dress a fish pretty well」

「Thanks a lot. How come you talked to me in English?」

「ごめんなさい。この間、見慣れない軽乗用車があそこに止めてあったから思わず車内を覗いちゃったの。こんな田舎でしょ。どこの車かなんてみんな知っているから、知らない車が止められていると防犯上の意味で一様注意するのよ。でっ、助手席に洋書ばかりが散らばっていて、いよいよ不思議だなと思いながら河口に向かってジョギングを続けていくと、一人釣りをしているあなたが見えたの。それで、学生時代が懐かしく思えたし、主人がいたころは結構頻繁に外国の方もいらしたので私も英語が少しは話せないといけなかったんです。あなたのような学生さんが店に来るのは記憶がないくらい本当に久しぶりで、あの頃のイメージが蘇ってしまって」

「びっくりしましたよ。いきなり流暢な英語で話されたんで」

「でも、あなたの方こそ、自然に英語で返せるなんて！　そうだ。えへん。My name is Natsumi Tanaka. May I ask your name?」

「Masaru Suzuki is my name. What can I call you?」

「Please call me Natchang. What about you?」

早朝から英語の会話が聞こえたからか、夏海の娘が体操着で降りてきた。勝の存在についてはお店のお客だろうと思ったものの、キッチンという場所であったため、一体何が起きているのかわからず一気に目が覚めてしまった。夏海がキビレをくれた人であることを告げると、少し落ち着いたようだった。

母と二人暮らしの人生で、父親の存在が記憶にないため、店ではなく自分の住居の中の男性をどう位置付けたらよいのか少女の胸中ではPC画面のカーソルがくるくる回るのだった。母が準備した朝食をとると部活に向かった。お昼は特性カレーが待っていると聞かされて勝への違和感が心持緩和したのだった。

「これで、あとはフライにするだけです。魚はラップをかけて冷蔵庫に入れておきます。キビレはムニエルも行けると思いますので、これも下拵えしておきましたからお使いください」

「ありがとう。ごめん、勝さん、カレーの材料はあるけど、パン粉がないの」

「大丈夫ですよ。僕が橋向こうのコンビニで買ってきますから」

「悪いわね。あっ、朝ごはんまだでしょ。私、洗濯機回してくるので、少し待ってて」

勝は夏海が戻ってくるまでの間、手作りのダイニングテーブルの三つの椅子の一つに腰かけ、作成道具の類が皆無なのに作業場には完成したボードと未完成のものがひしめいていることをいぶかしがった。


「余計な仕事させちゃってごめんなさいね。午前中に部活に行く日は、娘が私に朝食を作らせたくないからシリアルにミルクをかけておしまいなの。あの子がそういう気持ちなのは嬉しいけど、親としては……」夏海は戻ってくると、そういいながら朝食の準備をした。流石に手伝うのは気が引けたので、彼女の後姿に向かってなんとなくサーフィンのことを尋ねた。

「夏海さんはサーフィンされるんですか?」

「昔はベサニー・ハミルトンにあこがれていたずらしていたの。大学で主人に出会って少しは勉強もしたけど、主人が亡くなってからはもう二度とボードには乗らないことにしたの。生まれてくる子が一人前になるまで私しかいないわけでしょ」

亡き夫について話すことを強要しているようにも思えたが、向かい合って食事を済ませると、紅茶のカップを見つめながら、気丈にふるまう未亡人は自分の体に溜め切った苦しみを開放するかのように、しかし悲壮感を漂わせることもなく話し続けた。

彼女の亡夫は少年時代から泳ぎが得意だったが、水の動かないプールに不自然さを覚えてしまった。生きている水を相手にする喜びをサーフィンに感じ取った。父親が家具職人だったせいか、何でも自分で作ることに障壁はなかった。高校生の頃に小遣いを貯めてボードを手にすると、何かが違うと思いながら練習した。持ち前の運動神経がものを言い、学ぶ姿勢とこだわりを併せ持つ性格から技術を身に付ける速さは他のベテランたちも一目置くほどだった。ボードに思うことは多々あるものの、高校生に次々と新しいボードを購入できるはずもなかったので、自分のボードの癖を理解することを優先していた。家業を継いでもらいたいが、そうは言わぬ両親のことを思うと、一人息子である自分は職人の道を歩むべきなのだろうと思っていた。そうすれば、サーフィンとお別れせずとも済むのではと考えた。理想のボードが作れるならそれでよいと納得させていた。

ところが、高校二年生の三者面談で彼に知らせないまま、母が担任に家のことはいいからきちんと勉強して大学に行くよう話していると告げたことに絶句した。彼は耳を疑ったが、親がそういうのだからそうなんだろうと。ただ、この日唐突に出てきたことが腑に落ちなかったのだ。

あの父をどう説得したのだろう？　父が母にそうさせてやれと言ったのだろうか？　一体親は何を考えているのだろうか？

もちろん、彼は大学で流体力学等を学んでボードを作るスポーツ用品メーカーで研究し商品開発をする仕事がしたかったから、人が変わったように勉学に励んだ。

大学のサークルで、サーフィン活動を復活させ仲間との情報交換と実技合宿を重ねているうちに、高校時代に買った初心者用の安定度の高い大型のボードのままでは自分のサーフィンにはならないことが改めて明らかになった。実験とレポートが仕事だが、暇を見つけてボードの店をはしごしては心の写真を撮り続け、自分なりの考え方が論文となっていた。

三年後輩の夏海とはこのサークルでの出会いが馴れ初めとなったが、大企業の重役の一人娘だったため、サーフィン経験の乏しい彼女の指南役にはなれたが、それ以外では話が合わなかった。

「私ね、都会で学生時代まで何不自由なく生きてきてあの人と出会った時、自分が生きているのか生かされているのかわからなくなったの。あの人には親を思う気持ちと、自己実現の狭間でずっと悩み続けて生きてきた時間があったの。私からすれば同じ一人っ子でも、サーフィンしたいと言えばいつの間にか部屋に値段の付いたままのボードがおいてあることが不思議に思えなかった自分は、果たして自分で生きてきたのかってビッグ・クエスチョンね。確かに、英語についてはネイティブを家庭教師につけてくれたおかげで自信が持てるようになったわ。高校時代まではクラシックバレーとピアノにお決まりの勉強だったけど、大学に入ってからは何もかも自分でやらないといけないことが急に増えて慣れるまで大変だったの。サークルで他県から入学した人や所属学部が違う仲間が集まってみれば毎回目から鱗。趣味に対する研究熱心な亡夫はきっと義父の血を引いていたのかもしれないな。当時、私にはない何か強い魂をあの人には感じたの。やーだ、私ったら、知り合って間もないあなたにこんなこと話しちゃって、ごめんなさい。もう、ああ、恥ずかしい」

夏海自身ここまで亡夫のことを話したのは少々のろけ話になってしまった感があって、ばつが悪かった。考えてみれば、夫が亡くなってからこんな話を終ぞしたことがなかったのだ。それでも、勝が聞き耳を立てていることがよくわかっていたので悪い気もしないで済んだのだ。

勝はパン粉を買いに行き、夏海はカレーの支度を始めた。部活は定時であるため、娘が返ってくる頃には、揚げたてのセイゴフライと母のカレーが湯気を立てて待っていた。この家で手作りのダイニングテーブルの椅子が満席になったのはこの時が初めてだった。娘も初めて食べるセイゴフライカレーに舌鼓を打ち満足だった。

「こんな食べ方があったのね！　それも家のすぐそばで釣ってこられるなんて、今までとても損してきた気分ね」

「母にはカツカレーはもう重たすぎるということがあって、白身魚ならどうだろうと思ったんです。

ハゼやシロギスなどもよいと思います。これにサラダを付ければお家レストランかな？！」

「ワインにアイスクリームが付いて、コースメニューね」

二人のスペシャルメニューを堪能しながら娘は嬉しさと驚きが交互に点滅した。母親のこんなに嬉しそうな顔を今まで見たことがなかった。いつも、どこか笑顔の陰に寂しさが潜んでいる、そう感じていた。一体全体、勝という大学生はどういう存在なのか、思春期の少女には気になって仕方なかった。夏海は二階に上がる美沙の後ろに続いた。

「ねえ、美沙。今日夕方から勝さんが釣りに行くんだけど連れて行ってもらわない？」

「えー。釣り？」

「夜釣りよ。静かで流れ星も見られるし」

「ママ。すごく嬉しそう。もしかして、あの人のこと……」

「勘違いしないで。あんなに美味しい魚が本当にすぐそこの河口で釣れるなんて信じられなくて、ただ見たいだけよ。まったく」

「ママ。何をそんなに息巻いているの」

美沙が下を向いて笑っていると、夏海はそわそわしながらやや声を荒げて続けた。

「何笑ってるのよ。あのね、めったなことを言っちゃいけないでしょ。もう」

「ママ。顔赤いよ」

「行くの、行かないの？　どっち？」

「ママのお願いとあらば、お供いたします」

「それでよろしい」

夏海は、そう話をまとめさせられて、意識的に咳払いをした。

美沙の冷やかしにドキッとしたのは、自分も気づかないうちにその心が芽生えていた証であった。娘を誘ったのも、その気持ちの裏返しに違いなかった。夏海は自分の恋心を娘にいとも簡単に見透かされてしまっていることに恥ずかしい気持ちになった。自分がいかに無邪気で幼稚な女なんだろうと思いつつも、勝の一つのことに対する探究心と親を思うやさしさが亡夫と重なるのだった。

美沙の自分に対する気遣いにも胸がいっぱいになるのを笑顔という虚勢でかわしてきたが、彼女を女手一つで育ててきた一五年間、親としての弱みを見せてはならないと精いっぱいだった夏海の心は限界だったのだ。自分の相手が一回りの年の差で世間ではタブー視されるかもしれないのであろうと、勝の出現は心のつらさを吸い取る魔法に思えた。

かといって、そんな心を打ち明けてしまうことはもちろん今の段階では出来ないこともわかっていた。だから、二人きりになることが怖かったのだ。まして、勝がこんな年上の女を恋愛対象なんかにしないと考える方が自然であると思ったのだ。

「しょうがないな。ママは、デートするのがドキドキだから私に付いて来てほしいんでしょ。ほーら、当たりでしょ」

夏海はやられっぱなしだったが、全て図星だったのでおどけて答えるしかなかった。

「すごーい。大当たり！」

美沙を窘《たしな》める調子でその場をどうにか繕うのだった。

美沙は夕方までの数時間、夏の課題に取り組んだ。夏海が階下に降りると、勝は一睡もしていなかったのでダイニングテーブルに腕を預けて寝てしまっていた。客間からタオルケットを引っ張り出して勝の肩にそっとかけた。

勝が目を覚ますと時計は四時を回っていた。肩からかけられたタオルケットに気付き、他人の家のダイニングで昼寝をしてしまったことにばつが悪かった。

夏海は客と商談中のようで、勝は静かに待つより仕方なかった。

「あら、目が覚めました？」

「本当にすみません。人の家で勝手に寝込んでしまって」

「気になさらないで。昨夜から一睡もされてなかったでしょ。おまけに、またこれから百パーセント門外漢を二人もあそこに連れていくのは……。勝さん、あまり無理なさらないでほしいし……。またの機会でも……」

「大丈夫です。気持ちよく昼寝させていただいたので、釣りバカはもうI am ready」

「Are you sure?」

「Yes, of course. Trust me. It's a piece of cake」

「I'll count on you」

こうしてモチベーションがはっきりと上昇し、二人は出かける準備をするのだった。

夕方五時ごろからが干潮だったが、小潮の三日目で午後の満潮からあまり潮が下がらないまま夜中に再び満潮になるため、夜釣りには好条件かもしれなかった。

河口に入ってくる魚はみな腹ペコで、サケ類のように産卵で川を遡上するもの以外は、ほぼ食事に来るものとみてよかった。入ってきたばかりの魚を釣ると、セイゴであれキビレであれ、大方は腹が凹んでいて、捌くと胃は空っぽで、せいぜい消化が進んだ甲殻類と小魚が腸に含まれるぐらいだった。逆に腹の膨れている奴をさばくと、渓流魚の腹をスポイトで吸い上げて胃の内容物を確かめてフライを選定する如く、使うべきルアーや餌が確認できた。それでも、勝は餌を変えようとはせず、安価な青イソメとそのアルビノであるオレンジイソメを使った。

「それでは、お二人さん、フィッシング講座を始めます」

二人は拍手して勝が車に積んでいた折りたたみ椅子に座った。まだ電気ウキの点灯が不要の明るさで西日が厳しかった。仕掛けは問題なかったが、果たして、あのオレンジイソメを二人とも針に付けられるのだろうかと少々心配だった。それでも、自分でも試してみた滑りを抑える粉と餌掴みのことを教えると一件落着だった。

キャンプをしているわけではなかったが、サイクリングロードに椅子を広げて三人でパンをかじることが、これほど楽しいとは想像だにしていなかったのだ。

程なくして、鳥たちが飛び立ち、薄暮となっていよいよ電気ウキが川面に漂い始めた。リール操作と道糸の張り具合などいきなり夜釣りでは難易度が高いので、二人にはしばらく勝の動作を観察してもらうことにした。流れは緩いので釣りやすかったが、アタリが遠い夕べだった。

部活と勉強で疲れていたらしく、美沙は腕組みしたまま知らぬ間に舟を漕いでいた。サイクリングロードの河口側の欄干の切れ目から、草刈りされて開けた傾斜するバンクに勝の姿があった。夏海は三人の外出を一五年かけて実現した思いだった。こんなに心の底からにじみ出る歓喜をどう表現したらよいのかわからなかった。

下《しも》に向かって投入された赤色電気ウキがゆらゆらと上げ潮に身を任せていたが、勝の姿に隠れて再び姿を現すと、ピタッと静止して起立した。すると、ゆっくりと水中にぼやけながら視界から消えていった。一呼吸して勝が竿をあおると、穂先、穂持ち、三番の中間あたりまで曲がらずにへの字になるのを見た。すぐにジーというリールのドラグの音が鳴り響き赤色光が川の中央辺りで上流方向に走っていた。夏海は視線をウキの動きに向けたまま美沙の肩を引き寄せて揺すった。

「美沙。起きて！」

「う、うん？」寝ぼけ眼で美沙は返事をした。

半月の光に揺らめくこともない静まり返った鏡のような水面《みなも》が、雷鳴にも似たけたたましい音とともに割れると、巨大な口を開いて首を振るのを繰り返す、昼にフライにしてカレーをかけたセイゴにそっくりで巨大な魚が目に入った。勝からセイゴフライカレーを食べながら聞いていたスズキの「エラ洗い」だった。

竿はへの字から奇麗な弧を描きながら、穂先はまっすぐのままだが段々水面方向に向かい始めた。次第に引き寄せられながらもなかなか姿を現さない状態になると、再びドラグが鳴り響き、巻いてきた分だけ道糸は引き出されていった。

勝はなぜか、一・二五号の竿に道糸二・五号、ハリス二号を半ヒロ取ってチヌバリ四号という一回り太いタックルで「釣り講座」をやっていた。二人のうちいずれかに持たせて大型がかかったことを想定していたのだ。

二人には魚信を含めてとにかく一匹を釣って見せればキビレであろうとセイゴであろうとかまわなかったのだが。

ところが、幸か不幸か、食わせたスズキは楽に上げられそうにはない想定外の大物だった。寄せてはまた沖に走られたが、奮発して買ったこの竿の実力を試してみたくもあり、四度目には寄せてきてドラグを締め、竿の弾性力に懸けることにした。不思議と自然に竿が起きてくるのを感じ取りこの魚は捕れると確信した。

欄干に立掛けておいたタモ網を手に取ると体の脇に置いた。四キロ程度はありそうなので片手では厳しい。しゃがみ込んで竿尻を下っ腹に付け、リールシートのかなり上のあたりを握って魚に空気を吸わせると、左手でタモ網を魚の下に滑らせた。四五センチ経では魚の半分しか収まらなかった。頭が入ると下を向くようにわずかに竿を下げると尻尾の方が上を向いたので、竿を股の間に挟んでタモ網の柄をそのまま縮めて何とか勝利した。

サイクリングロードにタモ網を置くと一目でランカーと分るスズキの威厳を拝んだのだった。さすがにこいつとのファイトで息を切らせた勝は、背中で息をしながら、「は、は、はい、釣れました。いかがだったでしょうか今夜の釣り講座は」

インストラクター勝には何でもない事だが、沖に向かったところでアワセたせいか、きちんとカンヌキに掛かってくれたようだった。夏海たちはこの一部始終を目の当たりにして、横たわっている魚に言葉を失っていた。美沙は夏海の言葉に寝ぼけ顔だったのに、目の前で起きている「事件」に目が覚めたどころか、足がすくんでいた。勝もしばらく魚に見入ってから、釣りには常に携帯しているカメラに働いてもらい、口からロープを通して川に浸すとその端を欄干に縛り付けた。

「夏海さんのオレンジイソメ、ばっちりでしたね」

「こうしちゃいられないわ。この魚、店長に見せましょう。さ、早く道具を片付けて」

夏海はこみ上げる喜びとともに二人に帰り支度をせかした。夏海はロープを手繰って自分自身でもその魚の大きさを感じながら、勝に教わったようにカミソリのような鰓蓋の先に注意してタオルで大きな口を掴むと一人で歩きだした。

「準備できた？　美沙。あなた。行くわよ！」

美沙と勝は反射的に顔を見合わせて、歩き出している夏海の少し後から、両手いっぱいの荷物をぶら下げながら車に向かった。

「あのー、勝さん。今、ママ、『あなた』って言いましたよね？！」

「あー、はい。そうだったような気がします」

美沙は思わず口を閉じたまま、くすくすと笑い始めた。勝は狐に憑かれたかのように、言葉に詰まりながら、あれって僕を？　いや、そうではなく、亡夫と娘の三人という想いがとっさにその言葉として出てしまったんだと自分に言い聞かせていた。

しかし、娘の美沙には、あれが母の本心なんだとわかっていた。自分を育てることに全てをかけ、亡夫の遺骨はサンセットビーチのあるオアフ島散骨エリアで海洋葬とし、仏具などは一切家には備えず、彼のボード作成機材もすべて処分したのだった。嘆き悲しんだ果ての、美沙を生み育てるための決断だった。二人の先を離れて歩いている夏海の後ろを追いかけながら小声で話した。

「母は私が父の顔を知らない以上、その思い出という過去にすがって生きることを私のために断ち切っていたんです。父として、会わせることが不可能な、いいえ、この世に存在していない人のことを思い続けても、たとえ私にその人の血がかよっているのであっても、現実的でないと判断したのだと思います。母は、『お父さんはね、あなたが生まれる前に天国に行ってしまったよ』と、物心がついた頃に正直に話してくれたんです。だから、今はもう、受け入れられないけど受け入れています。母は、あなたのことを愛してしまっています」

美沙は、改まった口調でそう話すのであった。勝はこの現実を整理できないまま夏海の背中を追った。

しばらくして、急ぎ足で陸側に土手を降りると、そばに民家があるので大声を出せずに車の脇でじれったそうにしている夏海の姿が目に入った。勝は、夏海が必死にぶら下げてきた魚を頭と尻尾がクーラーバッカンの両脇から出たまま車に乗せると、三人で店長のところに向かった。

釣具店の駐車場まではほんの数分だった。サイドブレーキを引く音とともに扉のロックが解除されるや、夏海はさっさと降車して後ろのハッチを開くと、蓋を閉められないクーラーバッカンの持ち手を両手で握り、慎重にコンクリートの駐車場に下した。

店に入ると、学生・生徒は夏休みでも、一般社会人には夜が明けると平日となる夜とあって、客はいなかった。冷凍庫の整理をしていた店長は入ってくる三人の声に気付き、店の奥の方から彼らの方に首を回した。

「店長。見てちょうだい」

「あれ、なっちゃん。美沙ちゃん。あの学生釣り師さん。今頃どうしたんですか？」

店長にすれば、週末のオールナイト営業の済んだ平日に向かうこんな時間帯で、この顔ぶれはありえないと言わんばかりに冷凍庫の扉を閉めると、作業用の手袋を脱ぎながら三人の方に歩いてきた。頭と尻尾がクーラーバッカンの両側に相当はみ出ていて、特に尻尾の方は尻鰭あたりから反り上がり、店の隅の方は照明が減光されていたため下弦の三日月のごとく銀鱗が光っていた。

「まさか、なっちゃんが釣ったんじゃないよね？」

「なーに、その言い方。いきなり私じゃないなんてひどーい。当たりだけどね。この間キビレを捌いてくれた日から二、三日経ってオレンジイソメ買いに来たでしょ。今しがたあの餌で勝さんが釣ったの。美沙と一緒に付いて行ったら、電気ウキが水中を泳ぐのや、リールが大泣きするのや、川の水が雷みたいな音を立てて怒ったり……。この魚が降参するまで大変だったんですよ」

興奮して話す夏海の声が勢いを増すと、仕事で疲労していた店長は目が覚めてしまうのだった。

とはいっても、釣具店の人間にすれば、客が釣果を携えて店に来て喜びの声を弾ませる姿は、やはりこの上ない喜びだ。

「確か、この方はチヌの道具でキビレ釣っていたよね。スズキも八〇センチを超えるようなやつを一・七五号とか二号程度のハリスでやったら、そりゃえらいことだろ。おう、いい魚だね」

店長は店が公式の検量所でもあるので魚の重量や長さを素早く測定して水洗いをしてくれた。

「八一センチだね。重さはと……。四キロジャストだな。立派なトロフィー。おめでとうございます。神経締めしとこうか？　でも、魚拓とるよね」

「ありがとうございます。自分が家で何とかします」

「店に一枚もらえるかな？」

「もちろんです」

ルアーマンならメーターオーバーを狙っているだろうが、今日の釣果は夏海のおかげなので、記念の魚拓を残しておこうと思ったのだ。

店長には魚拓を持ってまた来ますと告げ、夏海と美沙を車に乗せると彼女らの家に向かった。二人を降ろすと、一緒に過ごしたこの一日が突然終わろうとするのが勝にも夏海にも切なすぎるのだった。

「夏海さん。今日は朝早くから本当にお世話になりました。美沙ちゃん、部活と勉強で疲れているところなのに、付き合わせてしまって申し訳ない」

「こちらこそ、ママがとてもお世話になりました。また河口に連れて行ってくださいね。今度は、私も釣りたいな。セイゴカレーは絶品でした」

「了解です。しっかり勉強しておいてくださいよ。来春は高校受験でしたね」

夏海が言葉を挟む間も無く美沙と勝の会話が自然な流れを呈していた。話す言葉が見つからない夏海には、助け舟になっていた。

「お待ちしています」

夏海はやっと一言口を開くことができた。そして、車窓を開けて挨拶をする勝に、乱れた心を自ら落ち着かせるように笑顔で手を振った。店の駐車場でUターンすると、車は速度を増していった。

対向車も後続車も通らなくなった真っすぐな国道でテールランプが徐々に小さくなり、やがて視界から消えていった。

家の中に入った二人は、まだ興奮冷めやらぬままだった。美沙は浴室に直行して入浴の準備をした。夏海はキッチンの椅子に腰を下ろすと、放心状態になりそうだった。自分の心の状態をどうしたらよいかわからなかった。

「ママ。お風呂できたよ」

「ありがとう。先に入りなさい。これからもうひと頑張りするんでしょ」美沙の声にハッとして母に戻った。

「わかった。じゃ、先に入っちゃうよ」

しばらくして、美沙が浴室から出てきて「ママ。どうぞ」と告げて自分の部屋に向かった。夏海は「うーん、美沙。いい香り。ママもいい香りになってくるね」

まだ親でいることを維持していた。しかし、湯船につかって力が抜けるととめどなく涙が流れた。

勝は親には釣りのことだけを楽しげに話し、トロフィーの魚拓を数枚とると、捌いて冷蔵庫に寝かせた。翌日、半身の柵取りは魚好きのお向かいの家に持って行った。

隣近所は、勝の家が釣り好きで、春から夏はイワナややヤマメといった渓流魚、晩秋までは得意のイシダイやイシガキダイ、そして寒い季節には小ブナやタナゴにモロコなどの雀焼きと佃煮など、スーパーではあまりお目に掛からない魚を味わわせてもらっていた。

勝はその夕方、カルパッチョ、かぶと煮、そして残りをあら汁にして、家族で余すところなくいただくことが出来た。ただ、魚拓のことばかり考えていたためか、夏海親子に御馳走することをすっかり忘れていた。

帰宅したばかりでまた釣りに行くとも言えず、二、三日卒業論文の作業を行うことにした。

卒業後は英語の教員になるつもりでいた。自分を育ててくれた恩師が退職する私立の母校にもどることが自分の使命だと思い、この年の採用試験に出願することにしていた。ところが、ALT(Assistant Language Teacher)とのティームティーチングが日常の教育活動になってきているることを念頭に、自分の英語で生活できる実感がない事では生徒への説得力に欠けると考えていた。勝は、中学時代に英国にサッカー留学したいと一度だけ言ったことがあった。そんなお金があるわけないだろという母の即答に妙に納得して、二度と口にしないでいた。

勝の父は優れた頭脳を持ちながら理不尽な会社のふるまいで仕事に恵まれず、勝が小学五年生の時と高校二年生の時の二回に渡る失業という試練に見舞われた。二回目の時、勝は部活動をやめ学業に専念していた。

時を同じくして三つ上の兄が国立大学の三年生で下宿をしていたため、母の経済的工面は想像を絶するものであった。

父の失業は今に始まったことではなかった。よくもこんなに運のない人がいるものだと思うほどで、母は経済的潤いというものを感じたことがなかった。子供たちが生まれる以前から、父の仕事が軌道に乗りそうになると、下降線をたどり転職を余儀なくされることが幾度もあった。母は自分の服を一着買うことを常に躊躇《ため》い、家族のことを優先させていた。父を信じ、二人の息子を一人前にすることが生きがいだったのだ。

養女として育てられた母は、自分の相手は自分で決められない状況であることが分かり始めると、育ての親を裏切ることになるのを覚悟で父と駆け落ちした。そんな母が涙を流しているのを見たのは勝が小学三年生の時だった。

学校から帰ってアパートの扉を開けると、何事にも気丈に振舞う母が電話機の脇で目を赤くしていた。育ての母が亡くなった知らせを受けてのことだったのだ。

母は自分の生い立ちの多くを語ることはなかった。父との結婚について母から聞いたのはそれから随分経ってからだったが、勝にとっては、そのことが今も両親を誇りに思う「自慢」なのだ。

両親は世間に流されず自分たちの意思で生きていく決断のできた人なんだということを、テレビドラマや小説などのフィクションではなく、永遠の事実として心に刻んでいるからだ。

数日後、魚拓に目を入れ、記載事項を筆で書き入れた。両親には、店長と魚拓のことを約束しているので、ついでに竿を出してくると言って出かけた。

釣具店の駐車場に車を置き、店の扉を開けると、店長が笑顔で迎えてくれた。

「いらっしゃい。待ってたよ」

「どうも。遅くなりましたけど、約束の魚拓持ってきました」

「おっ。いいねえ。うまく取れてるな。魚拓、どこかで手解きしてもらったことあるのかな?」

「いいえ、見様見真似の自己流です。小さい時から半紙に入ってしまうほどの小さいものをとっていましたが、気に入ったものはなかなか作れませんでした。大学のクラブで合宿に行くたびに、大きな石鯛の魚拓を拝まされていたので、いつか自分もと思いながら……」

「なるほどね。魚拓は目の入れ方で印象が大きく変わっちゃうよな。こいつは生きてるよ」

「ありがとうございます」

「またデカいの釣ってください。よろしくね」

店長に魚拓を渡すと、店のレジの後ろの壁に貼ってくれた。週末だが、まだ午前中でアジ釣りの家族釣れやイシモチ狙いの地元衆さえも来ていなかったので餌は豊富に残っていたが、オレンジイソメだけをいつもより多めに買うと、夏海の家に向かった。

この日は店が開いていたので、店の扉からお客みたいに入っていった。

「こんにちは」

「はーい。ま、勝さん」

夏海はほんの四、五日前に合ったばかりなのに、待ち焦がれていた。

「ちょっと待っててくれる」

夏海は美沙を呼んで麦茶を冷蔵庫から出して準備させた。

勝は店を見るのは初めてだったので見回すものの、あまり繁盛しているようには見えなかった。

商談をするためと思われるソファーに座っていると、夏海はお盆に乗せた麦茶を美沙から受け取り勝に差し出した。

「今日も暑いわねー。さっ、どうぞ」

夏海には笑顔が戻っていた。

「すいません」

「こんにちはー」

乙女は元気なようだった。一口喉を湿らすと、魚拓をソファーの前のテーブルに広げて見せた。

「夏海さん。美沙ちゃん。この間のお礼です」

「きれいね。勝さんの作品？！」

「はっ、はい。作品と言うほどのものでもないと思いますが」

「ママ、生きてるみたい」

「本当。店長のお店に貼ってある他のとは大違いね。こんなに大きな魚だったのね」

「すいません。魚は僕の家族と近所で食べてしまいました」

「いいのよ。そんなに気を遣ってもらわなくても」

「勝さん。もしかして今日、ママと私のこと連れて行ってくれるの？」

「そのつもりで来ました。今日はお二人に釣ってもらいたいので、ちょっと暑いですけど、一度短時間で干潮のうちに地形を見ておきましょう」

二人は妙な取り決めを始めていた。

「ママが私よりたくさん釣ったら、明日から一週間、私が朝食を準備します」

「美沙の方が多ければ、私ね」

まだ、釣りをしたことがない二人が勝負しようとしているのが勝には滑稽に思えたが、楽しんでもらえるならと自分の気持ちも鼓舞した。

この日は、闇夜の大潮で午前中大きく潮位は下がるが夕方満潮を迎えた後は夜中の干潮時でも、一〇〇センチを割らないので水深は心配なかった。二人を乗せて、もう花が萎れていた朝顔の道端の花壇を過ぎて左折し、一台も止まっていない駐車スペースに降り立ち、前回と同じ場所まで歩いた。

河口の欄干から引き潮の水面を覗くと、黒ずんだ小魚の群れとも見て取れる牡蠣礁のある所と駆け上がりになっている地形が確認できた。夏海と美沙は、勝が第二回目の釣り講座をしてくれていると思いながら、初めて見る河口の姿を理解した。どこに仕掛けが投入されると魚が釣れるか、或いは潮が満ちてくると魚の通り道として成立する足元のポイントも謎が解けたような気がした。こうして、釣りの科学を垣間見たのだった。

果たして二人に銀鱗はためく栄光は輝くのだろうか。勝は妙にワクワクしてきた。

下見から夏海の店に戻り、美沙が夕方まで勉強で部屋に籠った後、勝は夏海と店のソファーに座り、置きっぱなしの魚拓を見ながらあの時の模様を語り合った。一通り談話が済むと、夏海が改まったように美沙のことを話しだした。

「勝さん、とても言いづらいのだけれども、美沙の進学が心配なんです。この田舎で近くには進学塾などないし……。あの子の勉強を見てもらえないかしら。あなたの家からここまでは近くはないのは分かっているので、時々でいいから。多くは払えないけど。ダメかしら?」

唐突な夏海の言葉には母としての切実な思いが伝わり、すでに自分がこの母子家庭の中に入り込んでいることに気付いていた。

「僕は構いませんが、美沙さんは……」

「勝先生。私頑張るからヘッドコーチをお願いします」

「美沙。あなた上で勉強してたんじゃなかったの?!」

「デートの邪魔しちゃいけないかと思って、抜き足差し足で階段を下りて麦茶を取りにきたら、ママが私の話をしているのが聞こえちゃったから盗み聞きしてしまいました。お許しを」

「もー。美沙ったら。あなた、本当に隅に置けない人なんだから!」

舌を出す美沙を嬉しそうに窘めながら叱る夏海は、娘のことを考えた親としての自然な申し出をすることで結果的に勝を繋ぎとめることになったのだ。

「Please help yourself to another cup of tea」生徒は先生に向かって覚えたての英語で話しかけた。

「Thanks a lot」

「Oh, it's nothing. Don't mention it」と生徒は笑顔で続けた。

「あなたね。英語をしゃべってごまかすな! この!」夏海はあきれた調子で言ったものの、叱責にならない、いやするつもりはないが親としての言を発した。そして、向きを変えて勝に詫びた。

「勝さん。ごめんなさい……」

「お母さん。彼女は自分のことに真剣だという証だと思います。そして、自分を気遣うお母さんの気持ちをきちんと理解していますよ。心配をかけたくない一心で、自学自習を黙ってやってきたのだと想像されます。賢い娘さんですね。彼女がOKなら喜んでお手伝いさせてください」

「感謝します。で、なくて……」美沙は言葉を改めて、「よろしくお願いします」と勝にお辞儀をすると、笑顔で自分の部屋に戻っていった。

「美沙ちゃん。お母さんに似てすごい美人さんなのに、意外と剽軽なんですね」

何気なく受け流している中に、たとえお世辞であろうと、娘の容姿を褒めてくれることに母親として嬉しい事は明らかだった。同時に、思い人となってしまった男の口から直接自分のことをそういってくれたことに女として純粋に嬉しかった。

麦茶を飲み干すと、勝が口を開いた。

「夏海さん。聞いてもいいですか？」

「はい。何かしら？」

「僕は、サーフィンのことは分からないのですが、作業場にあるおびただしい数のボードのことなんですが……」

言葉を終えないうちに夏海は話し始めた。

「あの人は自分のボード作成に夢中でした。亡くなったのも、風が強すぎて他のサーファーたちがボードを抱えていられない大時化の日でした。この荒天なら誰にも見られないで済むと思って気に入った新作を試しに出かけたんです。思いもよらない強烈なリップ・カレントがかなり手前からあったようです。技術や判断には十分な経験があったはずなのに、その時ボードのリーシュコードの紐とあの人の間に何かが起きたのでしょうか、いまだにわからないんです。サーフィンのメッカとしてこの町を盛り上げ、若者の集う活気あるところにしたかったんです。それで、世界の著名なサーファーたちが来町した時に『これは凄い！』の一言を言わせたくて、あれだけの数になってしまいました。一般のお店で売られているボードとは、精通した人たちに言わせると、次元が違うそうです。習い事の延長程度の私にはさっぱりわかりませんけど。親しかったサーファー仲間の方が、絶対に安売りしてはだめですよって、言ってくれたんです。夫の生前、時々少しだけ勤めていたボードのメーカーや他の人たちが来てここで色々話していたこともあったんですけど、あの人はとうとう自分のノウハウを売らなかったんです。それで、道具も私が処分してしまいました。あの人がそうしろと言ったように思えて。でも、釣り竿だってみんなに使ってもらわないと意味がないでしょ。だから、ネットのオークションだけで販売することにしたの。そんなに売れるとは思っていなかったし、あるだけ売ってしまえばもうお店も閉じてしまおうと思っているの。何の準備もなく突然逝ってしまったから、未完成のものもあの日のままで埃をかぶっていたの。あなたがここに初めて来てくれた日のように、時々は掃除しているんだけど、とても一回の掃除ではやり切れないのよ。いくつあるのか数えたこともないし、あの場所にはあまり近寄らなかったな。あの人の邪魔をしたくなかったのよね。今となってはうちの経済の唯一の源だけど。作家が死ぬと、作品だけになるでしょ。だから、結構プレミアムがついて最低落札価格を設定しても、ほぼ出すと同時に初めから結構な値段をつけてくれるので助かっているんです」

「そうだったんですか。すみません、お話させてしまって」

「いいんですよ。初めて来られたゲストを裏口から入っていただいてしまったんですもの。ちょうどあの日は作業場の掃除をすることにしていたんで開けっ放しでしたでしょ。もちろん、普段は一様扉を閉じてカギをかけておくんです。ここに置いてあるものはオークションに出してあるものだけなんです。品定めに来る方もいるので、お店といってもギャラリーみたいなもんなんです」

「でも、よく夏海さんおひとりで美沙ちゃんのことをあんなに素晴らしい子に育ててこられましたね。僕は親になったことがないので、夏海さんのご苦労は想像することができません。でも、いつか父親になることがあれば、夏海さんの気持ちが本当に理解できるのだと思います」

夏海は、テーブルの魚拓に目をやりながら目を閉じると、うなだれ、魚拓の上に雫をぽつんと落とした。

「夏海さん。ごめんなさい。僕は……」

「気にしないでください。ちょっと過去が急に蘇ってしまって」

目頭をこすりながら、夏海はこの人にはずっと一緒に居てもらいたい、そう思うと全て話してしまいたくなるのだった。

夏海と亡夫の親からは半ば勘当された状態で結婚したのだった。亡夫はあれだけ苦労して大学に行かせてもらい、就職していくらも勤めぬうちに退社して先の見えぬ自営を始めてしまった。職人気質の父親はもう帰ってくるなと告げたのだった。夏海の両親も、経済的基盤がゼロの状態で、しかも会社組織で働けない男に娘を嫁がせることは、出世街道を歩んできた者として賛成できなかった。そのため、音信不通のまま今を迎えているのだった。ただ、亡夫にすれば、自分の設計製作技術から生み出される物の価値に対する会社からのペイがあまりに納得できないものだったことが許せなかったのだ。

学生の勝には、小説の話のようにしか聞こえなかったが、自分の初恋の人がこんな苦労人であることに人生経験の差を感じざるを得なかった。一体そんな人が、自分のような青二才に心を寄せるものだろうかと思うものの、赤くなった目を恥ずかしそうにしながらも、無理して微笑む女《ひと》が無条件で愛おしいのだった。

「ねえ、今日は私たちが釣りたいから、あそこでパンかじらないで、家で早めに夕食を済ませてしまいましょ」

「そうですね」

勝は、夕食の支度を夏海に任せて、美沙の勉強を見てあげることにした。母の愛情をいっぱいに受けてきた美沙は自分の立場をよく理解していた。生まれる前からの父無し子で、祖父母ももうこの世にはいないと言われてきたため、母一人子一人で寄り添って生きてきたのだ。その少女には、あどけなさを残しつつもきりっとした母親譲りの顔立ちからは迫力さえ感じさせた。

「食事にしましょう」

階下から夏海の弾む声がすると、二人は教材を閉じて両手を上げると背筋を伸ばし、机の照明を消してから部屋の明かりとエアコンを切った。コーヒーの香りが漂う階段からキッチンに降りると、夏海が電子レンジの扉を開けて温めていたピザを引き出していた。再び満席のダイニングテーブルで笑顔が満開だった。

そして、母娘は再び釣り勝負の取り決めをしていた。勝は微笑みながら、釣りは安全が第一であることを伝えた。

「今日は、この間のような月夜ではないので、足元にはくれぐれも注意してください。欄干の外には絶対に出ないでくださいね。タモ網は僕が受け持ちますから」

二人に準備した竿を持たせ、オレンジイソメをチョン掛けで流させた。下げ潮が緩く動きだしていて、釣りづらくはなかったが、お祭りにならないよう距離を置くものの、初めて竿を握る女性アングラーのお世話係は楽なものではない。が、数投繰り返すと、ほぼ同時に赤色電気ウキは踊り始め、道糸を張り気味にしておくようにさせていたので、勢いよく走るウキを飛び越えて竿先まで引っ張られ二人とも大慌てだった。セイゴの群れが来たようで小気味よい引きを堪能して、あっという間に二人とも五匹ずつクーラーバッカンに収めた。群れが移動すると、アタリはピタリと止んだ。頻繁にキャップライトと懐中電灯が灯って歓声が上がっていた釣り場に静寂が戻った。三人は、灯台の光が定期的に回ってくるのと、時たま行き交う車のライト以外は国道筋の電気店の照明だけが地上の光源になっていることに気が付いた。

二人とも初めての釣りに興奮気味だったが、しばし欄干に竿を立掛けクーラーボックスに冷やした夕食の残りのコーヒーを折りたたみ椅子に座って飲んだ。川面のウキばかりを見ていた二人の視線が、闇夜の満天の星に向けられると、遠い星々がすぐ手の届きそうな天井に描かれたプラネタリウムの絵のようだった。

「おーい、何してるんだな、高いとこあがってよ」

「いやぁ、あんちゃんか。今ね、上に、あの、ひかっている星を、これで、はたきおとすんだよ」

「馬鹿だな、おめえも。短っけいものじゃ、落ちねえやな。もう一本つないでみな」

夏海が立掛けた竿を握って落語の一説を語ると、美沙はおなかを抱えて笑った。勝が、美沙にあの光っているのは雨が降る穴だよと言った。美沙は思わず両親が二人で芝居をしているようで滑稽だった。

「素敵、パパ。ママ」

真っ暗な河口に微笑ましい心の光が灯っていた。

二人の釣り勝負は決着がつかぬままだったが、食を楽しむには十分な釣りだったので長居はせずに三人は河口を後にした。

「それじゃ、美沙ちゃんの勉強の相談は昼間にしてありますので、夏休み中は三日おきに来ます。

彼女から質問があれば、メールを送ってもらうことにしてあります。アドレスの交換をしていますが、夏海さん宅のPCと同期しておきましたから秘密の会話はできないので心配しないでください」

「いやだ、そんなこと心配なんかしてませんよ。だって、勝さんは美沙にとってはパパですから」

「えっ?」

夏海は冗談交じりの言葉で返したが、うっかり自分の心の内をしゃべってしまった。

「あの子には、生まれた時から父親がいなかったでしょ。だから、勝さんがそう思えるのよ。ちょっと、若すぎるけど。うふふ」

夏休みは急に忙しくなり、夏海宅に来たとて、おいそれと河口に行っている余裕はなくなっていた。美沙本人も日一日と近づく決戦に備えて毎日が勝負だった。

勝は学生生活最後の夏休みで秋の採用試験は見送ることを決めていて、このままでは単なる就職浪人となってしまうので、自分の将来についても両親には話さなければならない立場であった。

卒業後の留学を視野に入れていたが、親の経済的負担を考えるとなかなか言い出せなかった。中学生の時のサッカー留学の話とは違って、単なる希望ではなくて、将来への投資であることはそれとなく母に話したことを、なぜか、父はよく理解してくれていたのだ。

職場の知り合いとその息子がカナダで学んだことを知っていた。大きな青果店を営み地元の組合長を務めるその知り合いは、戦後、家業に携わりながら、何とかして世界のフルーツを集めて販売できないものかと思案した果てに、語学を学び北米の人の考え方やその生活を知ることが第一歩と結論したのだ。カリフォルニアのフルーツはどういう流通で大陸を移動してくるのかだとか、大海が隔てた島国でいかに関税の問題を克服して店頭に並べられるのか、あるいは諸外国のフルーツを日本でも作る技術はどこまで進んでいるのか等を考えていたのだ。それほど遠くない未来に、今のようなグローバル社会が来ることを予測していた一人だったかもしれない。

畑は違えども、勝の父も学生時代には台湾に渡ってビジネスを展開する実業家を目指していたというから妙に馬が合ったのだ。知り合いは自分が思い描いていたことを受け継いでもらいたい一心で、息子にもカナダに留学させた。どうやら、自分の青果店の支店をカナダに作りたかったらしい。

息子を世話してくれたカナダ人の先生の御子息を家庭滞在させたりもしていた。彼の渡航体験では少々古すぎるので、息子が自身の体験を話してくれることになっていた。このお膳立てを勝の父がしていたというのだから、どこか夏海の亡夫の家にも通じる親心が身に染みたのだった。

あわただしく夏休みは終わり、美沙は文化祭や体育祭というような学校行事が終了すると、級友たちと楽しかったねという余韻を味わう暇もなく、新たな気持ちで来春のその時を迎える体制に入っていった。

卒業論文に目処がついた勝もできるだけ応援しにやってきた。夏海も一人娘の人生の最初の大仕事の成功を願っての毎日となり、思い人については次にいつ会えるのかと待ちわびる焦燥感が襲うこともなくなっていた。それどころか、いるのが当たり前の感覚を覚えていた。毎回然したる話をする間もなく勝が帰宅しては二日もすると戻って来ることを繰り返していたためか、淡い恋愛の情は疾うの昔に通り過ぎているかのようだった。

美沙の受験体制が軌道に乗り、めきめき力を付けていくのを感じた晩秋に、彼女の勉強を見た後、二人には黙って月見がてらの釣りをしていこうと、久しぶりに河口に行った。夏の日のような草刈り労働や蚊取り線香の準備もいらぬ季節にサイクリングロードをとぼとぼと歩いていくと、初めて先行者がいることに驚いた。勝は、「こんばんは」の挨拶をして通り過ぎ、いつもの欄干の切れ目に釣り座を構えた。チヌ竿一本とタモ網だけが竿ケースの中身だ。準備をしていると、その先行者のぶっ込みの竿の一本に何かが掛ったらしく、竿先の鈴がなり続け、やがて水面が割れてバシャバシャという魚の暴れる音が聞こえた。

仕掛けが太いのか、竿を倒しながらリールを巻いて磯のイシダイの取り込みのようにぶり上げると、サイクリングロードでパタパタと魚が音を立てた。そして、ほどなく別の竿の鈴が鳴り、同様の行動をするのを見て、フッコのアタリ日かなと思った。

いつものように赤色リチュウム電気ウキでオレンジイソメを手前に打ち込むと、仕掛けが馴染む間もなく赤色の明かりは水中に消え、糸ふけを取る間に竿をひったくっていく衝撃が伝わると、フッコはレインボートラウトのごとくジャンプした。硬調の竿ならバレてしまうかもしれない針掛かりでも三間のチヌ竿のしなやかな弾力では糸がたるまない限りはそうははずれないものだ。

この河口の地形と刻々と変わる水深と流路の癖を掴んでいるので、トロフィーを手にしている勝にとっては労することもなくタモ網に収めることができた。五十センチクラスが数匹来てくれたのでお土産は十分と思い早々に切り上げることにした。

「こんばんは。どう？」

「今日はフッコの食いがいいみたいですね」

「俺も何本か釣ったからもういいかなと思って、餌も変えずに入れっぱなしにしてあるんだけどよ」

どうやら地元の御老人らしく名前を佐藤と言っていた。勝も自分の名前を告げて互いに豊漁で気分が良かったので、持参した缶コーヒーを一本差し上げて、この河口の釣り談義が始まった。

「あんたかい、釣具屋の魚拓の主は？」

「は、はい」

「その道具で釣るとは大した腕だな。引いただろ」

「えー。まー」

「俺もここではよくやってんだけどさ、心臓が良くないもんでさ、夜寒いといけないし。今年は夏前までは釣れなかったからさ、みんな来なくなっちまったんだよ。俺も釣れないから、港でタコ釣りに行ってたんだけどさ、釣具屋に行ったら久しぶりにいい釣果見たから来てみたんだ」

佐藤爺さんは、欄干から土手の終わりまでの長さを考慮して、長い投げ竿の穂先を自分で詰めてガイドを付け替えたオリジナルを六本、自転車の荷台にその数だけ塩ビ管をカットした筒を取り付けて餌を付けるだけの状態で河口に来るのだった。この究極のぶっ込み六本セットが自分のスタイルになって久しいのだそうだ。

「今日は月夜だから来たけど、釣れても闇夜は気味悪いから来ねえんだ」

「わかります。この河口は散歩の人が往来する時間帯以外は人気《ひとけ》がないですからね」

元々伊豆諸島の御蔵島の漁師だったが、話の通り心臓がいけないので、こちらに一家転住して数年前に現役を引退したのだった。しかし、漁師が陸《おか》に上がっては、生きることを放棄したのも同然なのをご本人が一番よく承知していた。

熟練の技を持つタコ獲り名人の名をほしいままにしている、この辺りの漁師仲間では有名人であることを、店長の話で知ることとなった。プロ漁師の知識は膨大で河口で会うたびに話を聞くのが楽しかった。

夏海と美沙には時々釣りに行っていることは一言も告げていなかったし、彼女のジョギングタイムまでは長居することもなかった。

冬休みの頃にはクリスマスも正月も返上して美沙の勉強を見てやり試合の日が来るのも間近になったころ、寒い中、さすがに佐藤爺さんの姿はなかったが、フッコは定刻に当たった。二匹釣ると魚をメてクーラーバッカンにしまった。ニトリルの手袋は役立ったが、保温は出来ないので手が冷たかった。

凍りそうな手に息を吹きかけて真冬の空を仰ぐと、澄んだ空気は星々の煌めきを際立たせ、吐く息は白煙となって消えていった。しぶんぎ座流星群の時期は過ぎており流星見物を期待する由もなかったが、美沙の武運を祈らずにはいられなかった。

試合や試験の前日は縁起を担いでかつ丼を食べることがある。だが、勝は出世魚であるスズキの成長過程にあるフッコを使えばセイゴカレーの上級バージョンが出来ると思い、美沙の入学試験の二日前にそっと一匹だけ釣っておいた。捌いて柵取りしたものを冷蔵庫で寝かせて、翌日に美沙の最後の応援として午前中に勉強を見た後、昼に夏海がカレーを作り、勝がフッコのフライを作って必勝を誓った。

「美沙ちゃん。君は大丈夫だ」

「はい。」

「心配だな。試験には私が行こうかな」

「ママ。マジで言ってるの？　気持ちはありがたいんだけど、私落ちたくないから遠慮しとく」

「それどういう意味よ」

「夏海ママ。失礼ですが、ここは美沙ちゃんの言う通りにしてはいかがでしょうか」

「まー、勝先生まで。はいはい、仰せの通りにいたします」

夏海は娘をリラックスさせるためにお道化てみたが、結果的に自分の緊張を解すことにも一役買ったのだった。

結果を待つ身は生殺しそのものだ。気晴らしに三人で河口に行こうという考えが刹那的に浮かぶが、それは無理な話だ。

それでも発表の日が呆気なくやって来ると、それまでの張りつめた身も心もほのぼのとした喜びに溶けて行くのだった。

勝は肩の荷が下りた爽快感で満たされた。言うまでもなく三人は、桜のつぼみが見え始めた弥生の河口に竿を出した。先着の佐藤爺さんはフッコを二本釣って眠いから先に上がるよと告げ、自転車の筒に六本の竿を差し込むと鼻歌を歌いながらサイクリングロードでペダルを踏み始めた。月明りに照らされた老釣り師の後姿に郷愁が漂い、程なくその歌声は遠くなっていった。そして、勝たち三人だけが残された。

そこそこの釣果もあって、当の二人はもう勝負はせず、勝は二人を連れて夏海宅に戻り一晩中四方山話で過ごした。こんな合格祝いもあるものなんだと三人はくすくす笑いこけていた。

その日、勝が帰ってから、夏海は幸せを感じていたが、これから社会人となる過程を経ようとする人に今心を打ち明けることができない以上、もう勝を繋ぎとめる術はなかった。

「ねえ、ママ。いいの?」

「何が?」

「本当にいいの?　私は高校受験終わったし、大学には三年あるのだから……」

「だから、何が?」

「ママ、なんでそんなに意地を張るの」もどかしい美沙は我慢できなくてそう吐き出してしまった。

美沙は自分のことを第一に考える夏海が、若い勝を好いていることを決していやに思うことはなかった。兄、先生、父のどれでもよかった。思春期の娘と父親との関係はしばしばうまくいかなくなることがあるものの、勝に対してそんな感覚は皆無だった。そして、自分の良きアドバイザーとして、家庭教師をほぼ無償で引き受けて面倒を見てくれた人が母のパートナーとなるなら許せるのだった。

「ありがとう。美沙。本当はあなたの言う通りよ。勝さんのこと好きよ。愛してるわ」

「だったらなぜ?　なぜなの?」

「美沙。勝さんにだって選ぶ権利があるのよ。それに……」

「それに何?　何なの?　もう、じれったいんだから。ママは」

「ごめんね。今は言えないわ」
美沙は母の躊躇《ためら》いに勝の存在が遠くなっていくような気がして、泣きながら自分の部屋に上がった。扉を閉めたまましばらく降りてこなかった。こんなことは今までに一度もなかったのに。
夏海は狼狽していた。そして、その言葉を言わぬまま時だけが過ぎていった。

勝は二人にしばらく連絡をしなかった。自分の渡航のことも口にはしていなかった。美沙の進学先が決まったので話しに行こうと思ったが、逆に彼女に会うと迷いを生じかねないことを否定できなかったからだ。勝は会わないことに決めた。渡航してから、何気なくカナダで勉強中と、簡単にメールすることにした。

父親の知人の息子の話からカナダ滞在の話が進み、ハウスゲストとして居候生活をさせてくれる家庭が見つかったので、まずは三か月の滞在許可をもらい、そのあとは移民局で滞在延長の交渉をするやり方で渡航することにしていた。

高校時代のESS(English Speaking Society)部に所属していた時、訪日外国人たちへのインタビューを企画して文化祭で発表しようという計画をした。皇居のお堀の脇で知り合ったカナダ人男性と銀座まで電車に乗って案内した後、別れ際に彼の住所と電話番号を書いてくれた何かのパンフレットの裏側をちぎった紙切れを、勝は大切にしまっておいた。

五年前の出会いから再会にこぎつけることは、連絡先をくれた気持ちに応えることになるのではと思った。リトアニアからカナダに移住したというから、母語でない英語をどう習得したのかじっくり聞きたいと思ったのだ。エドモントンに住まうこの人を訪ねることは価値あることと活動予定の中にしっかりと書き込んだ。

元々、大学のサマープログラム等に支払う授業料とドームでの生活費を捻出することなど不可能なのだから、居候を受け入れてくれる家庭だけが頼りだった。第一の目的は、英語の生活経験であり、あくまで英語教師としての筋肉増強だった。バンクーバーのダウンタウンの隅から隅まで歩き回り、デパート、レストラン、ベーカリー、楽器屋、スポーツ用品店、そして釣り具店に至るまで、日本における自分の生活に関わったジャンルの全てに足を運んでは現地の人々と会話して交流を続けた。

勝は、大陸の文化が、ゆっくりと流れていく時間と広大な空間に住まうことで紡がれてきたことを思うと、日本のそれは、コンパクトにまとまる極めて対照的なものである気がした。おそらく、ナイアガラの滝と華厳の滝の比較から想起される異文化論が生ずるのは自分と同じ経験をする者には異口同音なのだろう。

滞在を始めて間もない七月に、カナダの広大さを体感するために、大陸横断鉄道でトロントまで二日かかる冒険旅行に出ていた。カナディアンロッキーを過ぎるとエドモントン駅[*1]で展望車の切り離しなどの作業が行われるため、一時間の町見物をしてきてほしいとの車内放送が流れた。乗客は皆下車するとエドモントンの散策に出かけた。日本ではあり得ない経験であり、大陸横断鉄道ならではのことと思った。時間を気にしなければならないビジネスマンたちは空路で時間を節約し、家を離れた大学生たちは長距離バスで費用を節約しているという。

発車時刻が近くなると、徐々に乗客たちが列車に戻ってきた。大方の日本人旅行者らはこのエドモントンより前のジャスパーで下車してしまっていた。残りの日本人乗客はエドモントンからカルガリーに行ってバンフに入るのかも知れなかった。いずれにせよこのまま列車の旅を続ける日本人はどうやら勝一人きりのようだった。そして、気づけば乗客の多くは子供連れか高齢者たちだった。

巨大な大陸では、延々と大平原が続き、見える生物といえば牛と馬だけで、時折猛禽類の舞う姿が青い空に小さなひっかき傷のように見えるだけだった。標準時が何度も変わり、食堂車のオープンしている時間がずれて行くのに戸惑った。

二日をかけてやっとトロントに着き下車したが、列車ははるか先のモントリオールまで走る。[*2] 世話になった列車を見送ると、ホテル探しの仕事が待ち構えていた。夏の旅行シーズンのためか、駅の構内で臨時の案内所が設けてあった。空室の紹介がなされると、せり売りのごとく予約のない客らが次々と買い取っていった。少々高いホテルだったが、ルームシェアが条件の割り勘でどうぞというのに手を挙げた。シェアしてくれる客は足が不自由だったがスリムで博識のある男性で、グレン・ヴァンカスターさんという大学の音楽の教授だった。後に大学には彼の記念講堂が竣工する大人物であったことが判明するのだった。

彼は邦楽をこよなく愛し、ピアノを奏でる。痛む足を杖でかばいながら針治療にトロントまで来るのだそうだ。勝は教授の行くベジタリアンの店にお供させてもらいその日の昼食を楽しんだ。夕食はCNタワーのてっぺんでしようと約束した。教授は疲れたようで、治療に行ったら夕食まで横になるというので、一人で街歩きをした。

トロントの市庁舎は新旧の二つが立ち並んでいる。モダン建築が際立つ新庁舎はロマネスク建築の旧庁舎とは対照的だった。両方の建物を交互に見ていると何やら十名足らずのデモ隊が楽器を奏でながらのパフォーマンスを行い始めた。プラカードを掲げながら行き交う市民らに訴えている様子だった。

タウンハウスの並びを見ているうちに少々街はずれを進んでいくと、麻薬中毒のようなひげ面の男が小銭はないかと英語で言ってきた。勝は一言「ノン」と、フランス語で強めの口調で返した。男は黙って去っていった。スーツにネクタイの勝がどんなカモに見えたのかは知る由もないのだが。

ホテルに戻ると、教授は夕食に出かける準備をしていた。

「町はどうだったかな」

「はい、トロント大学を見て回ってから、市内のあちこちに足を運んでみました。街はずれで、見知らぬ男に声をかけられましたが、どうも麻薬中毒者のように見えました」

「おお、そうだったんだ。でも無事でよかった。さて、出かけようか」

「そうですね」

CNタワーからは五大湖の一つであるオンタリオ湖が臨めた。簡単に「湖」と呼んでしまえばそれまでだが、四国四県を合わせた面積とほぼ等しく、最深部は二四四メートルもある巨大な水瓶だ。これで五大湖の内で最小だというからもう言葉は出ない。北東方向でセントローレンス川に湖水は流れ、はるか彼方の大西洋にそそがれる想像を絶する規模を誇るのだ。だから、列車から水平な視線で見えた時は、その大きな波は海のものとしか思えなかったし、こうして見下ろす視線で眺めても勝にはやっぱり海としか映らなかった。

翌日はナイアガラに行くつもりだったので、朝、教授に御礼の挨拶をしてチェックアウトした。

中学校の英語の教科書の扉ページで見たあの大瀑布を、写真と同じ位置で見ている感激を覚えたが、その圧倒的なスケールで落下する水の轟音に声も出なかった。風向きを意識しながらそろそろ危ないと思われると、見物客たちはいっせいにその場を足早に去り、タワーに移動すると、水飛沫が作る集中豪雨もアトラクションと見て取れた。

勝は再び華厳の滝とこの大瀑布の比較による異文化論のことが頭に浮かんだ。そのことを思いながら滝の裏側に行ってみることにした。

長靴と雨合羽のレインギアを賃借すると、案内に従って地下鉄の通路のように思える地下道をとぼとぼと歩いていった。ひんやりとしていて、いつか訪れた千葉県の館山にある防空壕のような雰囲気にも似ていた。くり抜かれた部分から見えるものは落下する水の爆音を伴った正に「水のカーテン」で、それは光量を変えながら絶え間なく揺れていた。

日本語が聞かれた気がして振り向くと、確かに父子と思しき二人の姿があった。せっかくなので、交代で写真を撮り合った。

話を聞けば、こちらの駐在が終了したので日本に帰る途中だということだった。まだ就学して間もないくらいの息子さんは勝とは日本語で会話していたが、覚えた英語とフランス語はどうなるのかなと思うのだった。

大陸横断の旅の帰り道は空路を選択した。トロント空港で空席のある便を待つことにしたが、なぜかすぐに座席を確保することができエドモントンまで戻った。

何とか高校時代に東京で知り合ったリトアニアからの移民、ウィリアムさんに再会したかった。タクシーの運転手にホテルの選択を任せて、とにかく彼の情報を得ようとそこからスマートフォンで電話するも受話器がとられることはなかった。電話帳を見ても、彼の番号は見当たらなかった。

バンクーバーに戻ってから勝は再び下宿の固定電話からウィリアムさんの番号をプッシュした。

カチャ！

「もしもし、ウィリアム・ナスタユスさんのお宅ですか。私は、五年前に東京でお会いした鈴木勝です。覚えていらっしゃいますか」

「覚えているさ。元気だったかい。今どこにいるのかな」

「英語教師になるためにバンクーバーに勉強しに来たんです。ウィリアムさん、いつなら会えますか。数日前にエドモントンに来ていて、お電話したのですがお留守だったようで……」

「そうだったのか。そいつは申し訳ないことをしたね。昨日まで出張で家族も外出していて誰もいなかったんだ。よし、来週は家に居るから。来る前に連絡してくれるかい」

「わかりました。楽しみにしています」


翌週、勝はバスターミナルからエドモントン行きに乗車した。バンクーバーからは片道一九時間の旅程で、途中何度もドライバーは引き継がれていく。大陸横断鉄道で眺める風景とは趣を異にする。標高三九五四メートル、カナディアンロッキー最高峰のマウント・ロブスンがバスのフロントガラスの向こうに見える。ジャスパーはもうすぐだ。それでも、エドモントンまではまだ四〇〇キロはあるので、あと五時間のバス旅が続くのだった。


エドモントンのバスターミナルに着いた勝はすぐにウィリアムさんに電話した。

「今バスターミナルです」

「待ってな。すぐ行くからね」

エドモントンの町は商業施設や行政の役所などがダウンタウンにあったが、人々が住まう住宅はそれを取り巻くドーナツ状に広がり、朝夕のラッシュ時以外は特定の地域以外に渋滞は皆無だった。

「勝。待たせたかな。久しぶりだね。あとの二人はどうしている？」

「お会いできてうれしいです。友達二人のうち一人はデパートに就職しました。もう一人は音信不通です」

「そうか。みんなそれぞれだよな」

「はい」

「まあ、乗って」

「ありがとうございます」

ダウンタウンを抜けると昼間の郊外は静かな佇まいに包まれ、公園や広場で遊ぶ子供たちと見守る母親たちの姿は日本と変わらぬように見えた。

ウィリアムさんのコンドミニアムも大きな住宅街の中にあり、道幅の広い通りが碁盤の目のように幾筋も並び、車は皆建物を取り囲む広い敷地内の駐車スペースにゆったりと置かれていた。

「勝ね。いらっしゃい。ウィリアムからあなたのことは聞いているわ。たった数時間の出会いではるばるお互いの国に飛んできて会うなんてすごい事ね。お腹すいていない」

「はい。とても」

「ちょっと待っててね」

ウィリアムさんの奥さんであるメアリー・コリンズさんは家庭科の教師で手早くランチを作って勝を歓迎してくれた。尽きないウィリアムさんとの話に、時々奥さんも加わり爆笑シーンが頻繁に登場していた。

次女のマーガレットが大学のサークル活動から帰宅すると笑顔で話しかけてくれた。

「勝。今日は両親があなたをあちこち連れまわすけど、我慢してね。ウィリアムが日本流の歓迎をするって言ってたから。あなた、大学卒業したてらしいから、まだ大学に興味があるかな……。よかったら、明日はアルバータ大学に行かない。サークルも明日はオフなの」

「うれしいな。ぜひお願いします」

その日の夕食にはマーガレットのボーイフレンドも来てウィリアムさん夫婦と五人でディナーテー

ブルを囲んだ。

ウィリアムさんと出会った時のエピソードはこうだ。銀座を案内すると言って山手線に乗ったが内回りと外回りを間違えてしまった。有楽町と逆方向に進んでいることに気付いたのは二駅過ぎてからだった。電車を乗り換えると、旅慣れたウィリアムさんに「東京は難しい町だね」と、くすくす笑われたのだった。

勝はあの時ウィリアムさんがくれた住所と電話番号を書いた紙切れを彼に見せた。彼の顔がもうこれ以上の喜びはないという表情で言った。

「あの時のメモ書きだね。よく持ってたね！　凄いよ！　驚きしかないな！」

「勝。五年間もどこにしまっておいたの？」奥さんのメガネが下がると、しげしげとその紙切れを目に近づけて続けた。「確かに、ウィリアム。これはあなたの筆跡ね」

翌日マーガレットは勝を大学に案内してくれた。あまりの広さに、車で移動することに違和感がなかった。

「ねえ、どうして学内にこんなに子供たちが遊んでいるのかな」

「あら、夏休みですもの」

「でも、大学の構内だよね」

「あの子たちの親は大学の学生なのよ。学費と生活費を稼がなくちゃいけないから、学生結婚した人は大変なのよね。片方が休学してしばらく働いて、そのうち交代してって感じね」

「そういうことなんだ」


日本の社会や大学ではあまり想定されない状況が全く不思議でない自由な生き方が、人の目を気にしない生き方が、普通に存在していることにこの国の力強さを感じたのだ。

しかし、まだ河口にさえたどり着いていない自分だと思い続け、親にも夏海にも連絡をしていなかった。

夏海と美沙がどうしているのか気にかかるのではあっても、連絡をすれば押し殺している自分の気持ちが噴出してしまい、収めることができないのではと危惧していた。そして、離れていればなおさら愛おしいと思う心からは、自分を偽ることはできない心情がふつふつと沸いてくるのだった。

一方、両親は甘えん坊の次男には修行が必要だと思っていた。とりわけ、父親は自分が外国にビジネスを仕掛けに行く志さえあったので、勝が家に連絡をしてこようとこなかろうと気に留めたりはしない人だった。戦火の中で母と姉を養う学生であったから、勝が日本を出るときも母親の心配げな様子とは真逆で、威勢の良い言葉をかけていた。

「男一匹、どこに行ったて凌げるものよ。ダメだったら、帰ってくればいいだけのことだべ」

マーガレットの話を聞いて、ふと、自分の家族のことを振り返っていたのと同時にこの大学の学生結婚で子育てをしている家族、そしてウィリアムさんの家族のこと等を思い巡らしていた。同時に、大学の授業で家族についての教養演習科目を履修していた時に自由に書物を選択し、レポートを作成して発表をしていたことが思い出された。それは、あくまで実感を伴わない教養演習の授業でしかなかった。それが、大学を卒業して外国に身を置く今、家族の在り方の多様性をこんなにも実感していることに唖然とせざるを得なかった。

息子のマイケルと長女のエリザベス、そしてマーガレットの三人とも奥さんの連れ子なのだそうだ。ウィリアムさんは、「不思議な家族だろ」と言う。でも、このご夫婦が市内を案内してくれた晩、アトラクションからの帰り道にふと感じたのだった。肩を組んで歩く二人の後ろからついていく勝には、多様な家族と夫婦の在り方が素晴らしいと。

狭い認識の外には、違った家族形態がいくらでもある。みんな寄り添いながら力強く生きていることを思うにつけ、自分たちの意思で結婚し当時の社会には挑戦的な行動であるとさえ思われたであろう両親の血を引く息子として、夏海を愛する気持ちを大切にしたかった。

「勝。どうしたの。具合でも悪いの？　ボーっとして」

「ううん。大丈夫だよ。日本の大学と随分違うなと思って驚いていたんだ」

「そうかもね。私は日本に行ったことがなくて、ウィリアムから聞いたことしか知らないから、一度行ってみたいな」

「いつでも歓迎致します。マーガレットお嬢様」

「本当。いつかね。約束よ」

「はい」

歯学部の古い建物の前で彼女は写真を撮ってくれた。


次の日、ウィリアムさんはエドモントン近郊の湖のほとりにある彼のコテージに連れて行ってくれた。水道はなく、水は共同で使用している井戸一つだけが頼りだ。トイレはまさに穴を掘った上を木箱を逆さにして覆い、座るところに丸くその天板（木箱の底板）をくり抜いてあるという具合だ。シャワーは雨水を貯めておいて手製の布フィルターで濾したものをガスで温めて温水にして使うなど、街中の生活とは異なる要素もあってワクワクするのだった。

勝は目ざとく一組のコンパクトロッドとリール、そしてすぐそばにトリプルフックのついたスプーンを見つけた。彼に使ってもいいかと尋ねる間もなく、やって来いと言わんばかりに、湖岸に裏返してあったボートを指さしてオールを渡してくれた。

「夕食までに戻って来いよ」

「了解です」

勝は、水を得た魚のごとく釣り本能が目覚めた。まさか、釣りができるなんて思ってもみなかったので、漕ぎ出すボートに力がみなぎった。まだ夏の盛りを過ぎるころで、日暮れまでには大分時間があった。さすがに真昼にはフィードしなかったが、湖に影が落ちる領域が見え始まると、あちこちでライズが始まり、フライロッドがあればなと思った。ライズの方向に何度となくキャストするが虫を捕食することに夢中で大きなスプーンはさすがに厳しかった。もう無理かなと思って、コテージそばまでボートを戻して岸に向かってキャストするといきなり引き込まれドラグから道糸が出ていったが、数秒後、ふわっと道糸がたるみなすすべもなくドラマは幕を下ろした。

「ハーイ。勝！　夕食だよー」

長女のエリザベスが手を振って勝を呼んでいた。

「あれは大物だったたわね。またチャンスは来るよ。明日があるわ」彼女は一部始終を目の当たりにしていた。彼女は勝をそう慰めながら、背中をぽんぽんとタップしてくれた。

コテージの中ではメアリー奥さんがまたまた腕を振るってくれていた。

「夕食用のレインボートラウトは逃げられてしまいました」

勝の言葉にまた大爆笑になった。

「大丈夫、あてにしてないから、勝」

「えっ。そんなあ」

「明日はあなた一人でここに残るんでしょ。頑張って釣ってちょうだい。夕方迎えに来るから、家に戻って食卓に乗せてあげるわよ」

「はい。奥さん」

四人で夕食を楽しむと、翌日仕事のあるウィリアムさん夫婦とエリザベスは勝をコテージに一人残した。

勝はウィリアムさんが第二次大戦後リトアニアからカナダに渡った移民であることから、当時のESL(English as a Second Language)がどんなものだったか知りたかった。コテージには彼が若いころ勉強した書物やハンドアウトがまだ残されていた。好きなものを持って行っていいと言われていたので一晩中宝探しに熱中していた。

釣りキチという麻薬中毒患者には朝早く起きることは苦にならないのだろう。朝食を済ませ、湖上に出ると朝のライズがあり、ほどなく強烈なバイトを感じると、ジャンプを繰り返すレインボートラウトが朝の光に眩しく輝いた。どう見ても五〇センチは下らない良型だった。が、それもフックアウトしてしまった。次のバイトでは、初めて見るイエローパーチが姿を見せてくれたが、リリースした。午前中にもう幸運はめぐってこなかった。

メアリー奥さんが迎えに来るまで数時間あったが、やっとキャッチしたのは、三〇センチに満たない小物だった。それでも、夕食には使えそうなので持ち帰ることにした。その後は全くバイトのないまま時間だけが過ぎるのだった。コテージ方向に戻って行く途中で、フライマンが一人大型とやり取りをしていた。勝はボートのオールを置いて魚が見えるまでキャストを中断した。ランディングに成功した彼は、鰓に手を突っ込んで魚を見せてくれた。勝は拍手した。湖のマスはよく太っていて渓流の魚とは別物だった。六〇センチは優に超えるきれいな魚体だった。

「いい魚ですね」

「おお、今日はついてるぜ」

ボートを戻し、コテージを掃除しているとメアリー奥さんが迎えに来てくれた。

「勝。お魚は……？　あら、随分かわいいわね。大丈夫。十分食べられますよ」

ソテーにして温野菜と一緒に出してくれたマスを食べながら釣りの様子を話したが、再び逃げられたことは話さなかった。

ウィリアムさんはまた遠方に出張でしばらく戻れないということだったが、勝が帰るルートでカナディアンロッキーを巡るので、ジャスパーとバンフのホテルを予約しておいてくれた。


ジャスパーのホテルの売店で日本のカップ麺を見つけ、反射的に二つ買った。翌朝電気ポットで湯を沸かしカップに注ぎ込むや、久しく忘れていた風味が香り、割り箸ではなく、先割れスプーンで食べた。

観光バスに乗ると、岩山の上を見ればマウンテンゴート、茂みや森にはミュールディアやムースなど野生動物が次々に姿を現した。コロンビア氷原では雪上車で氷河を遡り、下車して歩けば、巨大なクレパスが大きな口を開けているところも見られたがその氷の美とはうらはらに恐怖の方が大きかった。レイク・ルイーズの湖畔にはガイドブックでもおなじみの風景が観光客を魅了していた。

バスで出会った二人の日本人女性と言葉を交わしていると、彼女らは勝と同じスタイルの予約なし旅行をしていることがわかった。バンフのホテルをどこにしたらいいのかと尋ねられたので、勝は自分のホテルのことを告げると、値段が手ごろであったので空きを検索してみた。

幸運なことに、トップシーズンにもかかわらず部屋を取れ、二人は安堵した。なんと、二人でモントリオールまで大陸横断旅行をするので、できるだけ宿泊代を削りたかったというのだ。

久しぶりに日本人と会話し夕食を共にした。勝が何をしているのか興味津々に聞きながら、社会人になってからはなかなか長期の休暇が取れない彼女らにとてもうらやましがられた。

流し目で勝を見る一人は、せっかくだから一杯どうと告げんばかりのコケティッシュな女性に見えた。もう一人の女性は落ち着いた雰囲気の口数の少ない人だった。内心、部屋に電話がかかってきたらどうしようかなどと一人で思い過ごしをしていた。

翌朝、再び二人と朝食を共にした。

「昨日は夕食をご一緒させてもらいありがとうございました。友人からおすすめのビールを教えてもらっていたのですけど忘れていました。またいつかお会いしたら乾杯ですね」

勝が、そう挨拶をすると、例の女性がドキッとさせた。

「あら、そのビールなら私も知ってたのよ。あなたを誘おうとしたんだけど、私のお友達のことを考えたら……でしょ。うふふ」

「やーだ、あなた、若い男の子見るとすぐそうなんだから」

朝から強烈な話題となってしまったが、考えてみると、勝は夏海以外に見ず知らずの女性と差しでアルコールを飲みかわすことはおろか、食事を共にすることさえ未だかつてなかったことに今更のように気が付いたし、彼女の言はなかば冗談であろうと、その可能性をはらんでいたのではと思ってしまうのだった。

「そうでしたか。誘ってほしかったです。とても光栄なことでしたのに」

「まあ、お若いのにお口が上手だこと。あなた、プレーボーイよね、きっと」

「何をおっしゃいますか。単なるナマケ就職浪人ですよ。釣りバカだったことがたたっているんです。遅まきながら、反省して、修行しているつもりなんです。お二人は、これから長い旅を続けられるんですね。お気をつけて」

「ありがとうございます。あなたもよい教師になってくださいね」

「頑張ります」

「二人ともスープが冷めてしまいますよ」と、彼女の友人が二人を食事に戻した。

「そうですね。それでは、朝からアルコールというわけにもいきませんから、例のビールの代わりにコーヒーで乾杯はいかがでしょうか」

「いいわね」

「思った通り、あなたはいい男ね。コーヒーで乾杯なんて、素敵よ」

三十代とお見受けしたお二人とひやりとしながらも楽しい時間を過ごせた。旅の解放感から気持ちが大きくなることは時として、危険でもあることを学んだと言ったら、あの方に失礼なのかなとも思ったのだった。

勝はバスの時間まで荷物をホテルに預け、バンフ通りの散策に出かけた。子供の頃知ったテレビタレントが開いた土産物店やガイドブックの写真と同じカメラアングルを探したりしているうちに、野生のシカが通りを歩くのを目にした。確かに、特に山の中腹や街はずれのホテルには「クマ出没注意」の掲示があると言われていた。ウィリアムさんはそんなことも気にしてくれていたのか、街中のホテルを取ってくれていたのだった。

帰りのバスでは、サッカー好きのドイツ人旅行者と隣同士だった。かの有名なドイツ代表選手が学んだハイスクールを卒業したという。カナダの話はまるでなく、二人はずっとサッカーの話をしていた。

バスの最前列の席を選んだのは正面に広がる景色を車内から写真を撮るためでもあったようだったが、露出計で数値を測ってからクラシックなマニュアルカメラを操作して撮影をするのには驚いた。もちろん、勝の日本のカメラには興味を示していたので、実際に手にしてもらい説明することもなく、すぐに扱い方を理解していた。

バンクーバーに戻った朝、通いなれたダウンタウンと下宿の往復に利用するバスは逆コースで乗客はまばらだった。いつものバス停で下車し、静かな住宅街をとぼとぼと歩いた。時折リスたちが爽やかな夏を満喫しているようで、この時とばかりに頬を膨らませて忙しそうに動き回っていた。

勝が厄介になっているこの家庭では、一人娘が結婚し家を出て行ったばかりであった。お母さんのエリシャさんはご主人のブライアンさんと二人きりになってしまい、静まり返った夕凪の湖畔にひっそりと佇むコテージのように音のない世界だったようだ。娘の部屋はそのままの状態だったが、そこに娘はいない。

勝の出現は娘の代わりに息子がいるようなことだったのかもしれない。娘の部屋を使ってもいいよと言われたが、ベースメントを選択した。大切な娘が夫と二人で、或いは孫をも連れていつ訪ねてきてもいいようにしておいてあげるのがいいはずだと、咄嗟に勝はそう思ったのだった。


ここに三か月滞在した後、隣町に住むスコットランドからの移民デヴィッド・ヘンダーソンさん宅に移った。高齢になった母のローラさんを世話しながらの家だったが、そのお母さんはほどなく故郷のスコットランドに戻って行かれた。言葉に困ることはなくても、彼女の人生の長きに渡って過ごしたスコットランドの地が余程恋しくなったのだろう。いくら息子と一緒でも、このカナダには気の置けない友人も居らず、心の空虚感がどうにも埋められなかったのだ。それでも、お二人が所属する教会は、盛大に送別会を開いてくれた。

一方、勝にとっては初めての自炊生活であったが、近くにスーパーがあり、散歩できる距離にある湖でマスを釣って食材にして食費を節約しながら過ごした。

ハロウィーンが誕生日だったので、デヴィッドさんはメインストリートにあるピザの店に勝を連れて行って祝ってくれた。

「近所の子供たちが本当にトリックオアトリートを実行するから家には居ない方がいいのさ」と主人は言う。ハロウィーンは大人にとっては、「逆なまはげ?」と表現しておくことが無難なのかもしれない。英語の世界ではポピュラーな慣習と認識していたが、幸か不幸か子供たちの襲撃を回避したということだったのだろうか。

ほどなく寒い季節となり街を歩けば頭痛が起こることがあるほどだった。クリスマスの準備でツリー用のモミの木市に出かける人も多く、飾りに熱心である。

カナダ滞在で多くの収穫を手にできてきた実感からか、やっと夏海への連絡をクリスマスに送った。

「メリークリスマス！　夏海さん美沙ちゃんお変わりないですか。僕は元気で学んでいます」

「こちらは大丈夫です。ママも私も元気ですよ！　そちらは、とても寒いんでしょうね」

なぜか、娘の美沙の淡々とした返信がきた。そして、それ以上のことは何も記載はなかった。

冬晴れの日に、勝は初秋まで通っていた近くの湖に行ってみた。できる限りの防寒をして、温かい紅茶の水筒をバックパックに入れて歩き出した。すでに積もった雪を踏みしめて歩を進めるのだが、初秋までフライフィッシングで気楽に軽快に通った近くの湖が遠かった。湖のトレイルでジョギングをする人の姿もなく、静寂の雪景色の中で青い空に輝く太陽だけが躍動感を感じさせていた。視線を地上に移せば白銀の世界で、モノクロの冬景色の中に膨ら雀になった水鳥たちが寄り添っていた。

もうカナダ滞在も半年を過ぎていた。そろそろ、次の家庭を探さねばと思いながら、夏海のことが頭をよぎった。元気ですよという便りがある以上、余計なことを聞きただすのも憚った。たとえ何か問題が起きているのであろうと、異国の地に居る自分に何が出来るわけでもないことも分かっていたからだ。

移民局の滞在許可条件から教育機関での授業はとれないが、三つ目のホストファミリーで大きなトライをすることになった。この家庭は、現地の日本人コミュニティで発行されている地域新聞を見て自分の受け入れを交渉してつないだ塒《ねぐら》だ。

第二次大戦中は英国空軍にいたお父さんのジェラルドとお母さんのモーリン、その二番目の息子のポールが住まう家だった。テレビガイドの発行会社に勤めるポールは、週末は朝起きるのが苦手で、三十路になる身でありながらモーリン母さんによく起こされていた。「食器が片付けられないよ！」が、お決まりの目覚ましセリフ？　だった。

大きな家にはいくつものベッドルームがあり、一階は家具付きのスイートでビリヤードに卓球台、オーディオシステムのある何やらVIPルームのような、月二七五ドルで暮らせるようなところではなかったが、それでいいと言ってくれたのだった。

長男のフレデリックはアメリカで女優を目指す奥さんのセリーヌとほぼ毎日両親の様子伺いにこの家に寄ってから自宅に帰っていた。

三男のダニエルは消防士をしていたが忙しくてお金を使う暇がなく、稼いだお金で家を購入して貸家にしていた。時々勝を連れてクラブフィッシングに行った。ある日、釣りに行く途中で家火事に遭遇し、非番の男に職業魂がサッと燃え上がった。勝にカメラのシャッターを押しまくれと言うと、消火作業中の仲間だが外から監督している消防士のもとに走っていった。延焼中の写真データは後に役に立つらしかった。

トリシアは末娘で勝と同い年だったが、すでに結婚していて、長男夫婦同様に夫のマーティンといつも両親を気遣う夫婦だった。彼女はユーモアがあり、小話の落ちを素早く感じ取る賢さの目立つ人だった。

イギリスのロンドンから移り住んだこの一家で、唯一お父さんのジェラルドが話す英語はロンドンコックニーと呼ばれるなまりを響かせてくれた。モーリン母さんは料理が上手で時々ロンドンブロイルやローストビーフをはじめいろいろな料理を作ってくれた。そして、夕食後に家族とスクラブルをやることが日課だった。

この家族との生活に慣れてきたある日、モーリン母さんが勝に言った。

「教育委員会と掛け合ってごらんよ。お前は会話の授業なんて必要ないのだから」

そうか、授業を受けて単位を取得するわけでもないし、今まで街歩きでカナダの人々と交流を求めてインタビューや会話をしてきたんだから、プロのESLの先生と話すチャンスをもらえれば最高だ。

驚いたことに、教育委員会は勝の事情と希望を話すと、近くの小学校を紹介してくれ、その学校の校長先生は、別の学校を紹介してくれ、そのESLの先生がその友人のESLの先生を紹介してくれるという幸運に恵まれた。授業見学をさせてくれたうえに、勝の特別日本紹介授業までもさせてくれたのだった。

最後に研修させてもらったジュニア・セカンダリースクールのESL教室では、マーシャ・ジェプセン先生という優秀な成績でブリティッシュコロンビア大学を卒業した三十代の脂の乗った熱血先生が歓迎してくれた。彼女からはESLのいろいろな知識を伝授してもらい、この学校の教育現場のことを良く教えていただいた。職員室に居るとその雰囲気がなるほどという具合に感じ取れた。彼女のESLクラスに教育実習生が来ていて数週間の実習をも見学させてもらい、ESL教員の養成の一端を知ることができた。担当教授のチャールズ・ディオン先生も頻繁に来校したので、良き友人となった。

毎日オブザーバーとして研修を重ねていると、教授が大学の授業に招待してくれた。現代アメリカやカナダの社会学や教育学の講義を聞くことができた。その後は彼の研究室で日本の教育事情と比較する情報交換が続いた。


ほぼ目的を達成できた勝は、帰国前にエドモントンのウィリアムさんにもう一度会っておきたいと思い電話をした。あの日と同じエドモントンのバスターミナルまで一九時間の旅が始まった。旅慣れた勝はスーツではなくカナダの人々と変わらぬ普段着のまま、スニーカーで一番前の座席に座っていた。

四月初めのカナダはまだ冬のさなかだった。それでも寒々とした風景の中にマウント・ロブスンはその威容を見せてくれていた。ジャスパーまで来ればエドモントンは近いぞと、まだまだ時間がかかるのに、カナダの時間の流れに身を任せられるようになった勝にとって、一〇〇キロ単位の移動は渋滞のない大陸の国道では長距離バスが新幹線のようなものだった。

ウィリアムさんの家族と半年ぶりに再会すると、自分でも会話がスムーズになっていることに気が付いた。それは、彼らもそうだと言うので、語学の上達は現地に生活することだということを証明してくれる確証だと思った。

長女のエリザベスが二人の友人と、パブに連れて行ってくれた。商社マンとパイロットの二人は、良き飲み仲間のようだ。この日は、二人が日本のことを勝に聞きまくり、勝は講師役のようになってしまい、エリザベスは車の運転があるのでソフトドリンクだけで男たちの話を興味津々に聞いていた。

エリザベスは実家に勝を連れ帰る前に、自分のシェアハウスに連れて行きハウスメイトにも会わせてくれた。彼女ら二人はハイスクールの同級生同士で、見ず知らずの人が行きかう集合住宅よりハウスをシェアした方が安心で過ごしやすいと言う。

「ベス。『Say Uncle!』って、どういう意味？」

開かれたアルバムの写真を見ていた勝が尋ねると、ベスから面白い答えが返ってきた。

「『参ったかー』と言うことね。二人で相撲の真似してるでしょ。よせばいいのに、倒したお友達の上に乗っかってーもう、レスリングになっちゃったのよね」

スラングはどこでも発生するものの、「参ったか」が「おじさんと言え」とどう繋がるのかはわからないままだ。それでも、貴重な一フレーズとして記憶したのだった。

翌日はメアリー奥さんがバスターミナルに送ってくれることになっていたが、朝間に合わないこととなり、ターミナルを出たバスを国道で捕まえることにした。車を路側帯に停車させ、奥さんは近づいてくるバスに大きく手を振った。勝は丁寧な挨拶もできず、バスに飛び乗るとお互いさっと顔を見合わせ手を振った。

ウィリアムさん自身も勝と再会した後、また遠くに出張となり先に家を出ていた。家を出る前に彼はこう告げた。

「今月バンクーバーに行く用事があるから、その場合は連絡するよ」

「わかりました。いろいろとお世話になりありがとうございました」

「じゃ、元気でな」

「ウィリアムさんも」

勝の乗ったバスはバンクーバー行きではなく、北西の太平洋に面したプリンスルパート行きだった。エドモントンからジャスパーを越えて、イエローヘッドと呼ばれる国道16号を行く。そして、アラスカハイウェイとなる97号線との交差点あたりまで走るとプリンス・ジョージだ。そこからまだ距離にして七〇〇キロ以上あるのだが、対向車はいつあったか記憶にないぐらいのこの幹線道路の北西の端がプリンスルパートだ。この町に東から流れてくるスキーナ川には大きな氷の塊が連なり、とても春の目覚めとは言い難い様子だった。

プリンス・ジョージから運転席に座ったドライバーはイタリア系の男性で、数時間程度走ってから、おそらく時間調整のためなのだろう、広いスペースのある道端にバスを停車させた。そして、なんと「せっかくカナダのこの地にやってきたのだから、湿地帯に群れるカナダガンの写真を撮ってきなよ」と言うのだ！　ここから、プリンス・ルパートまではまだ三時間はかかるだろうに。

運転手は新聞を読み始めた。路線バスといえども、一日数本しかない長距離バスで、一〇〇〇キロを越す走行距離で運行されているためか時間を気にする人がいない。そもそも、乗客と話してみると、山奥に住んでいて、孫の運動靴を六〜七時間かけてプリンス・ジョージまで買いに行った帰りだという老人や、大病後のリハビリでのんびり暮らすという殿方などに言わせれば、五分、一〇分というのはもともと意識にない時間の単位なのだという。それでもバスは到着時刻があまりに早すぎてはいけないのであろう。

勝は、写真を撮りにバスを降りカナダガンの群れに近づき数回シャッターを切った。広大な湿地には勝以外に人はいない。日が暮れれば野生動物の活動場所となるのだろうが、この時はカナダガンの群れだけだ。勝は『ニルスのふしぎな旅』を思い出していた。バスドライバーが魔法で降ろして、一人この湿地にカナダガンと合わせてくれたとしか思えない経験だった。

終着のプリンスルパートでバスの扉が開くと、いつものように、ホテルの空室探しをしてから、釣り船の船長情報を得た。ハリバット釣りに出てみようと思ったが、街歩きをしながら、さすがにスキーナ川の氷が物語るこの寒さは自分のような温暖の地で生きてきた者には厳しすぎた。ホテルが教えてくれたキャプテンの家のそばまで来たものの、話は聞きたかったがノックはしなかった。

大きなトーテンポールの立つ丘から太平洋を眺めたが、寒々とした太平洋というものを感じたのは初めてだった。スキーナ川の河口の春はまだ「準備中」の札がかけられていたということなのだろう。

翌日、眠った港町が目覚めるのはまだ二か月は先なのだろうと思いつつ、荒涼としたイエローヘッド・ハイウェイをバンクーバーに向かうと、来る時と同様、しばらくは電信柱ごとに白頭鷲が佇んでいた。こうも数が多く小鳥のように翼を閉じてじっとしていると、威厳ある猛禽類の頂点のイメージが下がってしまうと思うのは自分だけなのだろうか。同乗の客たちは外の景色には無関心のようで、いつもの風景でしかないのだろう。

勝はスマホで写真を撮り夏海に送った。鷲が陳腐な鳥に見える土地を素直にどう思えるか知りたかったのだ。しかし、返信がなかった。美沙からもクリスマスの時のようには。一抹の不安を覚えるが、それも仕方がなかった。せめて、既読になればとは思ったが。

ＥＳＬのクラスに戻ってほどなくディオン教授宅で勝の送別会を開いてくれた。一緒に過ごしてきた生徒たちもそれぞれが描いた絵や覚えた英語で書いた手紙を持って来てくれた。

イースターホリデーを利用して、ESLの先生がバンクーバー島のポートハーディーにいる叔父のところに行こうというので、勝が厄介になる前にジェラルド父さんとモーリン母さんのところに世話になっていた日本人留学生の忠雄も連れて行こうということになった。ジェプセン先生と娘のディアナちゃんは空路で後から追いつくということで、勝は忠雄の車でやじきた道中をすることにした。

バンクーバーから少し南下したサリーからカーフェリーでバンクーバー島に渡った。ブリティッシュコロンビア州の州都はこの島にあるビクトリアであり、バンクーバーではない。州議事堂のライトアップを見てから北上しようと車を進めた。

山越えとなるところで、車のヘッドライトにおびただしい光が反射してきた。シカの群れが道路を占拠していてしばらく進めそうになかった。そろそろ、クマも巣穴から出てくる時期でもあった。外に食べ物の匂いをさせないよう朝までじっと休むしかなかった。通る車もなく、広く空いている道路脇に車を止めて車中泊することにした。暫くシカの様子を見ていたが、二人とも意識は自然に飛んで行ってしまった。

忠雄はポートハーディーに行く前に、トフィーノという小さな町に行って太平洋を見たいという。その浜からはよくクジラが見えるそうだ。早朝その浜を歩くが、例によって人影はない。クジラのことを記した石碑があったが、残念ながらクジラの姿を見ることはできなかった。

どこの国にも地域にも存在するいじめは、彼にとって他人事ではなかった。彼はカナダに来たての頃、すなわちハイスクールに入って間もないころ、英語を話せなかったので級友からいじめを受けていたらしい。徐々に話せるようになり、ハイスクールを卒業し六月からは大学生になるのだそうだ。日本を離れて久しいところに日本人の勝が来たことで一気に日本のことが頭に広がり、いじめを受けた頃のことがふつふつと思い出されてしまったらしい。太平洋の向こうに我が祖国はある。「ヤッホー」と叫ぶ彼の気持ちが痛いように分かった。

彼の家は経済的に余裕のある家庭で、両親は将来英語が必要な未来が来ると考えていた。何かと甘やかせてしまったが、外地に学ばせるという荒療治にでた。忠雄は英語の基礎も十分でないままカナダのハイスクールに留学し、泣きながら勉強しないと生活していけない現実に対応していくうちに、自然に自立心を芽生えさせた。これは、「運よく」成功したケースだ。

勝は忠雄と話し続ける中で、言語習得には、その言語で生活することが最良の方法であると改めて認識させられた。ESLの授業を観察していて、生徒たちの上達が早いのは、習得と運用が実生活の中でほぼ同時に行え、かつ継続されるからだということが、言葉のうえではなく、それが生じている現場に身を置いていることで実感しているのだ。

日常生活に外国語を必要としない日本の教室で、どうやったら生徒の意欲を刺激し、維持させられるかが最大の課題なのだと思った瞬間だ。


二人は車を走らせると、ガソリンスタンドに寄った。

「ここは、ガソリン高いね」

「何でも高いんだよ」

忠雄の言にスタンドの爺さんが笑いながら答えた。勝は大学の合宿で離島に行くたびにガソリンが高かったことを思い出して、妙に納得してしまった。

ポートハーディーに向かう前に釣りの練習をしたいというので、タイー・サーモンで名を馳せたキャンベル・リバーに寄った。河口近くの名ポイントには地元の釣り師たちが多くいて、いい魚を釣り上げるのを見て忠雄は一言、「スゲー」と。

「スチールヘッドはそうは釣れないよ。あれだけ釣り人がいて、お前が見た一匹だけだろ、俺たちがずっとここでやっている間でさ」

「そう言われればそうですね。川の中に立ち続けるのは体力消耗するもんですね」

「水温が低いから体温も奪われるしね。よく頑張ったよ。釣りは初めてだっていうのにさ。最初が釣れないと、二度とやらない人と、どうしても釣るぞと懲りずにやり続けてしまうタイプがあると言われるけど、おぬしはどうかな？　そうだ、忠雄、先生のおじさんのところなら、サーモンを釣るチャンスがあるかも」

「ハーア。期待してます」生あくびをしながらそう答えている忠雄にバンクーバーからずっと運転も任せておいたので疲れがピークのようだった。

「今夜もここで車中泊しかねーか」

「僕は平気ですよ」

近くの店でテイクアウトしてきたハンバーガーをかじりコーラを飲み干し、ミネラルウォーターで口をゆすぐとほどなく二人とも沈黙の世界に入っていった。

翌朝、勝が運転を代わって出発。国際免許の出番がここでやって来たのだった。まだ二〇〇キロ以上ある１９号線の最終地点がポートハーディーだ。トフィーノは４号線の終着点だった。どうも二人とも道路の果てまで行くのがこの旅のルールのようだ。

道路沿いに渓流があると降りたくなるのは遊び心がくすぐられるからかもしれなかった。途中の川でまた、テイクアウトのスナックとパンをかじるため車を止めるとしばし休憩だった。渓流に降り立ち、釣れなくても竿を振るのが楽しかった。

勝はフライロッドを振り、忠雄はしばらく川岸の草原に大の字になっていた。勝が少しずつ場所を移動していると、忠雄の叫ぶ声がした。

「先輩、クマですよ。先ほど竿を振られていたところに。向こう岸から、ざぶざぶと川を渡ってきたんです。僕はその音で目を覚ましたんですよ。小さな熊だったので、慌てずに済みました。写真撮れましたよ。ほら」

「そ、それはよかった。本当に小さな熊一頭だけだったのか？」

「はい。一頭だけでしたよ」

「春先に目覚めたクマは、腹を満たしに子熊は母熊と行動するから、子熊のそばには親熊がいると思わないと怖いぞ」

「そうなんですね」

　昨夏、バンクーバーの北東方向約三三〇キロでカムループスまでは車であと四〇分程度という位置にある通称マイルハイ・レイク（正式名フェイスレイク）にレインボートラウトを釣りに行った帰り道、松茸銀座と地元では言われる森に入ると、何本かの木に古くはないクマの爪痕を見てさっさと車に戻ったことがあった。おまけに、その道中、目の前で道路を横切るコヨーテまで登場した。勝はクマに遭遇することはぎりぎりで逃れていた。

　やっとポートハーディーに到着し、ジェプセン先生の叔父のアラン・オーウェンさんが経営するハードウエアのお店の駐車場に車を止めた。ほどなく先生と娘さんが合流し、ボートで釣りに出た。

ルアーを下すたびに様々なコッドが食いつき、ほんの一、二時間で夕食のおかずは出来てしまった。近くの小さな無人島に上陸し、みんなでランチを食べた。

まだ小さな娘さんは、ブレインダメッジがあったが、勝たちと一緒に笑みがこぼれていた。夫とは離婚したという。もちろん、ジェプセン先生は学校で勤務している時に身の上話はしないのだが、友人のディオン教授と勝の三人でお茶をすればいつも話題に制限のない仲間同士だったのは言うまでもない。

おなかが満たされ後半戦が始まった。相変わらずコッドはよく釣れるが、乱獲にならぬよう短時間で竿を収めることにした。最後の一投で食ってきた奴は妙な引き方をするので勝は魚種を特定できないなと思いながらリールを巻いてくると、あまり目にしない種類のエイが上がってきた。一方、船長で叔父さんの父のローレンス・オーウェンさんは四キロ越えの見事なキングサーモンを釣り上げた。

港があるわけでもない浜でボートを係留するには満潮時の岸になる位置に打ち付けた杭にロープをかけるだけだが、その浜のある大きな入り江の奥、人が入らない木立を白頭鷲が数羽塒にしていた。船長が指笛を吹いて、釣ったコッドを放り投げると、素早く飛んできて沈降する前にまさに鷲掴みにして木の上に戻っていくのだった。海の恵みを分け合う相手が鳥の王様というのだから興味深い。翼を広げれば二メートルはありそうな大きな鳥が魚を掴んでいく姿を目の前で見ていると、震えが来た。忠雄は自分もやりたいと言って、船長の真似をすると、再び鷲は勝たちのボートのそばまで来てくれた。忠雄は感激で声が出なかった。

「船長、明日もう一度釣りに連れて行ってください」

「ああいいとも」

忠雄はボートを降りるなり朝起きられたらという条件でお願いしていた。

夕飯は、船長のサーモンとみんなで釣ったコッド、そしてランチを食べた島の端っこで、海に垂直に落ちている壁についていたアワビを、一緒にソテーにしてくれた。驚いたことに、サーモンとアワビの半分を刺身で食べるのであった。ワサビも醤油も日本製だった。

イースターホリデーで地域の若者たちが大学から帰省していて、勝たちが来るというので、みんなが集まって夕食はパーティーになってしまった。

勝は、きれいな形のコッド一匹を魚拓にとって日本に持って帰ることにした。墨はないが絵具に半端な布切れを所望してみんなの前で実演した。

「きれいだね」

「ほんと」

学生たちが口々に言うので、勝は何枚か取って配った。

魚拓の取り方は、一人一〇ドルで教えてあげますよとジョークを飛ばすと、大笑いになった。カナダと日本の両方のビールで乾杯となり、みんな久しぶりに顔を合わせたこともあって愉快な夕餉《ゆうげ》となった。

夜も更け、ジェプセン先生の叔父さんの大きな家のベッドルームはお客でいっぱいになった。

忠雄は一五歳で単身カナダに来たが、裕福な家庭で何不自由なく育ったためか、いきなり全てを一人でやらねばならなくなり、言葉の壁とそれに起因するいじめからストレスが充満した生活を強いられて登校できなくなったのだった。完治したと思っていた喘息の発作が頻発して入退院を繰り返し第一二学年までを卒業するのに一年余計にかかっていた。四月一日生まれの一九歳になって日が浅い彼にとって、ブリティッシュコロンビア州の法的に許されるアルコールの刺激は新鮮だったろうが、ビールが効いたのか久しぶりに足を延ばして休めることになったからか、二言三言勝と釣りの話をしている間に言葉が返らなくなった。明日の早朝だけなら時間が取れるという船長との約束を楽しみにしていることもあったのだろう。

翌朝外を散歩すると、浜には潮の引いた時間帯で、数羽の白頭鷲や他の鳥たちが下りていた。どうやら漂着する魚などの死骸、カニ、そして貝がお目当てなのかもしれなかった。翼を閉じてちょこちょこ歩く様子と、カラスと並んでうつむいたようにしか見えない後姿には威厳の欠片もなかった。

忠雄は全くベッドから目覚めることはなく日が高くなるまで寝ていた。船長は笑いながら勝と話をした後、また来たら行こうぜというメッセージを伝えてほしいと言って仕事に行ってしまった。

忠雄は残念そうだったが、この日は先生の叔母のウェンディー・オーウェンさん方の実家にお邪魔することになっていた。西部劇でしか見たことのない、先住民の酋長が纏う本当の羽飾りを見せてもらえるというので勝も楽しみにしていたのだ。

叔母さんの実家に入ると、それを保管しておくためだけの一室があった。扉を開けてもらうと、鎧兜を収めるのと同様なやり方で、巨大でかつ精緻な作りの羽飾りが安置されていた。そして、生贄を捧げる時に使ったとされる石ナイフを握らせてくれた。その柄には神様を描いたものなのか、はたまた魔法使い、あるいは呪術師を描いたのか、尋ねるのをつい忘れてしまった彫り物があって、勝は拓本をとらせてもらった。

先生母娘と共に、のんびりと帰り道のバンクーバー島のドライブを楽しんでいた。来るときに気になった湖にライズがあるのが見え、しばしフライフィッシングをすることになった。先生は勝の様子を見ていた。さすがに生粋のカナダ人でも釣りをする人でフライフィッシングをやる人はそう多くはないので、彼女にすれば生で見るのは初めてのことだった。数回キャストされたドライフライに反応するもフッキングに至らず、フライのパターンを変えても魚は姿を見せてくれなかった。

忠雄は先生といろいろな話をしていたようだが、ディアナは遊び疲れて車中で寝てしまっていた。

キャンベル・リバーが日本に紹介された釣り番組のことやフライタイイング、そして食べたアワビは石鯛釣りの餌に使われることなど、釣りの話が尽きないままナナイモからフェリーでバンクーバーに戻った。ディアナから目を離せない先生はフェリーの船内で何度か連れ戻すことがあった。

先生が席を離れた時、忠雄が勝にポロリと口にした。

「勝先輩。先生は先輩に惚れちゃってますよ」

「忠雄。何言ってんだ」

「マジっすよ。俺、先生といろいろ話してたでしょ。先輩がフライやってる間に。普通の友人じゃや、ポートハーディに招待してあそこまで心遣いしないし、離婚後あの子を育てて、父親がいないことが辛かったって、先輩に出会ってからつくづくそう思ったと言ってたんですから。表現は、マジックギフトーそれが先生にとっての先輩の存在だってね」

「俺はその話は聞かなかったことにしてくれ」

「なぜですか」

「今は言えないんだ」

「でも、彼女は素敵な女性だし……」

「俺もそう思う。けど……」

「けど、何ですか」

「何でもない。要は、俺は帰国してこの国で学んだことを還元しなくちゃならない仕事があるわけだよ」

「何かっこつけた話してんですか」

「お前は親が裕福なわけで、心配せずに大学卒業して、その時この国に残るかどうか決めればいい」

「ま、そうなんですけど」

「おぬしの方がこの国の生活は俺よりはるかに長いわけだから人々の生活模様もよく観ていると思う。だから、結婚観やライフワークなど、その人の一生を左右する節目には俺とは違った観点が出来つつあるはずだよ」

「勝先輩。話は分かるんですが、俺が言ってるのは自分のことではなくて……」

先生が娘さんを連れて戻ってきたところで、忠雄は口を閉じた。

「あら、日本語会話してたのかしら。私も参加？　……できないわね」

「忠雄は久しぶりに日本語がカナダで使えるので、しゃべりたくてしょうがないんですよ。九三年、えーと正確には四年、ハイスクールでは日本語は使えなかったからですね」

「なるほど。忠雄さん。どんな話されてたのかしら」

「はい。先、先生は美人だなって……」

「あら、それは嬉しいこと」

「ママ。この人だれ?」

「あなたのおと……。ママのお友達よ」

うっかり出かかった言葉を先生は言い直すのに焦っていた。

三か月以上ほぼ毎日勝と顔を合わせていた先生には、離婚した夫以外にこれほど言葉を交わしてきた男性は存在していなかったのだ。

先生は自宅で三十分だけ勝と話をさせてと言うと、忠雄は外に駐車してある車で待っていると言って席を外した。

「勝。私は明日あなたを見送りに空港には行かないから、生徒たちからのメッセージと私からのお土産を渡しておくね。娘はもう寝たわ。本当にこの三か月間、授業に協力してくれてありがとう。楽しかったわ。日本に帰ったらまた連絡してくれる？」

「もちろんです。先生からは多くのことを学ばせてもらいましたから、絶対に無駄にしません」

「それを聞いてうれしいわ。私からは、このチョコレートと、あなたへの一番役に立ちそうに思えたのがこれなの。きっと、役に立つことがあると思うの」

先生が手渡したのは、勝の教師としての資質を保証するときめ細やかに綴られた文章に彩られた推薦状であった。二人はこの数か月の学校での出来事を思い出しては語り合い、楽しい最後のひと時を共有した。

アパートの扉を出て二人は静まり返った深夜の廊下を歩き始めた。先生は目を赤くし始めていた。

「勝。元気でね」

そういって誰もいない廊下で勝にサヨナラの抱擁を求めた。

「先生。ありがとう。先生に巡り合えて嬉しかったです。先生も娘さんと元気でいてください。いつかまたお会いしましょう」

「楽しみにしているわ。勝。もう行ってちょうだい。さようなら」

先生は、廊下に立ち尽くして勝を見送った。勝も振り返らずに忠雄の待つ車に向かった。

勝はお世話になった日本人移民の宮川さん宅まで忠雄に送ってもらった。彼は勝の荷物を下すのを手伝いトランクの中を確認すると両手で静かに閉めた。二人は顔を見合い固く握手をして別れた。

翌日、朝食後にお茶をいただいていると、「勝さん。結婚は考えていないの？」と、奥さんの杏奈さんが赤ちゃんを抱きながらそう言うのだった。

「……。素晴らしい女性だと思っています。それは本当です」

「そうか、日本に彼女がいるのね」

「まあ、そんなところですかね」

「鈴木さん。そろそろ出ようか。飛行機の時間だよな」と、時計を見ていたご主人の友和さんが車のキーを握る音がした。

「はい、お願いします」

勝は搭乗前に家に連絡すると同時に夏海への連絡をしていた。だが、前回送信したものが既読になっておらず、この日も搭乗ぎりぎりまで待っていたが返事をもらえなかった。急に胸騒ぎが高まるのを感じながらのフライトで、しばし映画を見ることで気を紛らしたかった。これほど、飛行時間が長く感じられることもないだろうに。たとえ、国際線で一〇時間はかかるという距離であることをわかっていても。

成田に車輪が着くと、安堵感と同時に自分がしなければならないことがすでに、両親と兄への連絡よりも迫っていた気がした。

平日で迎えには来られないという両親の返信から、勝は真っすぐにタクシー乗り場へと急いでいた。カナダの春はまだ目を覚ましていない四月の終わり、日本はもう夏日となる地域もあった。

帰国した翌日、時差ボケもある中、釣りがしたいと、もう寒くはない河口に行くことを両親に告げて出かけた。

夏海宅に着くと、店は閉まっていたし、インターフォンは何度押しても返事はなかった。美沙は学校だとしても、夏海はこんな時間に家を空けて、ジョギング？　いつもなら、洗濯と店の掃除をしているはずなのに。

釣具店の店長のところを訪ねると、いつもの顔を作りながら挨拶がてら扉を開けた。

「こんにちは！」

「いらっしゃい」

「ご無沙汰しています。店長さん、僕の顔を覚えていらっしゃいますか？」

「勝君じゃないか。久しぶりだね」

よかった。レジの後ろには二キロ越えのキビレの魚拓が張ってあり、佐藤爺さんの名前が入っていた。勝のトロフィーは店の天井に移されていた。

「あの……」

「なっちゃんと美沙ちゃんのことだろ」

「は、はい。でも、なぜ？」

「そりゃ、当人同士はそんなそぶりを見せるつもりはなかっただろうけど、傍《はた》から見たら君たちが良い仲の間柄だということぐらい誰が見たってわかるよ。三人で来た時からね」

勝は顔から火が出る思いだったが、二人のことを知りたい一心で店長に尋ねたのだった。

「去年の秋ぐらいからだったかな、腑抜けた顔つきになってしまったのが。あの別嬪さんが、それこそ魂が抜けた夢遊病者みたいにね」

店長の話で、勝がクリスマスに連絡したときには、すでにそのようになっていたことが頷けた。

「美沙ちゃんの話じゃ、週に一度神経内科に通院していたと言ってたよ。それで、少し落ち着いたようなんだけど、何日か前に、なっちゃん、お客さんと商談中に気を失っちまって。救急車が来たよ。それで、ほら、ここから一時間ぐらい車で走ると国道沿いにある、あのでっかい総合病院に運ばれて、今入院しているよ」

「ありがとう、店長さん」

勝はもう何も耳に入らなかった。次の行動は考える必要もなかった。

都会暮らししか知らなかったお嬢様育ちの夏海は、この方田舎の暮らしに飛び込んできた。愛する夫だけが頼りだったのに、結婚後幾らも経たぬうちに先立たれ、勘当の身で両方の親とも接触せず、娘を一人で育てて高校生にするまでずっと一心不乱に生きてきた彼女は心身ともに疲労困憊だった。笑顔を絶やさず気丈に振舞ってきた彼女が只愛おしく、車中の勝は涙があふれて信号で停車するたびにポケットから引っ張り出して助手席に置いたハンカチの世話になった。

「あのう、こちらに入院されている田中夏海さんの病室はどちらでしょうか？　娘さんの美沙さんの家庭教師をしていた鈴木勝と申しますが」

夏海は倒れる数か月前から、就寝中の夜中に「カチッ」というスイッチ音が聞こえ、手足の末端が冷たくなり、動悸が始まりどうしてよいかわからなくなる症状が二、三週間おきに襲ってきていた。

ところが、しばらくすると気付かぬうちに寝入ってしまい、何事もなかったように朝を迎えていた。だから、美沙にも話さないでいた。それでも、回が重なるたびに、夜が来ることを恐れるようになってしまった。極力眠らないようにする意識が高まり、逆に睡眠不足から衰弱していく母の様子に美沙は毎晩泣いていた。

倒れた原因を調べる検査入院だったが、食事や運動に気を使っていた人ゆえに、内科的検査では異常は認められず、神経科に回されて、重度のパニック障害と、勝の到着する少し前に告げられたのだった。幸い合併症のない夏海は、命を取られることはないので安心してくださいと言われていた。ただ、ここまでになるには想像を絶するストレスと疲労が蓄積していただろう。最低でも仕事から一、二か月は離れなさいとドクターは指示していた。発作が起こらなくなるまでに回復するには年単位で時間がかかることも覚悟して、気長にゆったりと生活することが有効な治療方法だと説明されていた。

勝が訪れたこの日に退院できるので、その準備を始めるところだった。

勝は夏海と美沙と家族になることに躊躇《ためら》いはなかった。両親に話す前にそう決めたのだった。

病室の扉をノックした。

「はい、どうぞ」

美沙の声だった。扉をそっと開けると、ベッドに横たわってうつろに天井を見ている夏海と、背を向けて椅子に腰かけた美沙の姿があった。美沙が入室者の方を向くと目を丸くして口を開いた。

「パパ！」

美沙は九死に一生を得た如く嬉しさとつらさが入り乱れ、立ち上がるとあふれんばかりの涙で勝に寄り掛かった。

美沙の声に気付いた夏海は首を勝の方に向けると待ち疲れた声で言った。

「おかえりなさい、あなた。さっき、三人星空の下でね、夜風に吹かれていたの。もちろん河口でね。そしたら、あなたの電気ウキが止まって起立してね、スーッと水中に揺らいでいく様子が見えていたの」

三人はやっと新たな人生行路の「河口」にたどり着いたのだった。

137　河口

注

＊1．エドモントン駅／一九九八年まではエドモントン市内中心部にあった。現在は、市街地北部で市バスの停留所まで1キロ程の位置にある。

＊2．モントリオールまで／現在では、モントリオールに行くには、トロントで、別の列車に乗り換えとなる。

釣りはいつも未知との遭遇

僕が釣りと出会ったのは三歳の時です。一匹のハゼが釣れるまでには随分と時間がかかりました。釣りの知識はほぼ皆無という家庭でしたので、幼子の僕たち兄弟に魚を釣らせるというのは大変なことだったのです。

日暮里のアパートから千葉の稲毛のアパートに引っ越し、そこから歩いて数分の切り立った崖下が国道14号線でした。そして、道の向こうは広大な干潟がずっと続いていました。干潮になるといく筋かの澪が走っているのがよく見えました。

午前中が干潮になる朝はお母さんたちがいつもより更に忙しい一日になったものです。朝、お父さんたちを仕事に送り出して子供たちを学校に向かわせ、朝食後の食器を洗い、掃除・洗濯を済ませると、買い物籠、ゴム長、ビニロンの手袋か軍手、貝堀のクマデを準備して隣近所を誘い合って潮干狩りに出たからです。当時の社会に、「男は仕事、女は家事」のような観念が流布していたころのワンシーンですね。

昭和三十年代中頃は貝の養殖場や有料の地域を除いて貝を掘るのは自由で（「新房総風土記」久保牛彦昭和六十年六月発行を参照）、その日に食べる量の貝を掘るだけなのでそれはもうアサリ・

ハマグリの天然資源は豊かでした。

僕はまだ学校へ行く年ではなかったので、しょっちゅう母さんに付いて貝堀をしました。夢中になってしゃがみ込んでいるうちにお尻を濡らしてしまうことが多くて、帰る時に気持ちが悪かったのを覚えています。

一方で、小さな潮だまりにはハゼの稚魚がいて、手で掬うことが出来ました。それでも、子供の小さな手ではなかなかうまく捕獲するのは難しく、三つ上の兄ちゃんが一緒の時は先に捕られて自分が捕れないとべそをかいていました。その頃は釣りというものをまだ知りませんでした。

当時は兄弟とも体が弱く、月に一度交代でどちらかが風邪をひいて熱を出していました。母さんもどうしたらよいものかと、父さんとよく話していたようです。父さんはその昔、船会社に勤めたことがあり漁船に乗せてもらった際に、少しだけ釣りの話を聞いていたことがヒントになったのです。

京成の稲毛の駅から海に向かって少し歩くと干潟の匂いが鼻に入ってきました。その季節にはあちこちに海苔が干され、道路脇には貝殻が山ほど積まれていてこの時代の漁師さんの生活の一端がうかがえました。

そんな道路が国道１４号線と交差する辺りには小さな雑貨屋さんがあって二本繋ぎの竹の釣り竿を五十円で売っていました。子供の小遣いが一日五円か十円程度でしたから安いのか高いのかは子供にはわかりませんでしたが、父さんはここの干潟なら足代もいらないし、餌はミミズかゴカイを掘ればこれまたゼロ円で楽しめるぞと、子供の健康のために始めることにしたのです。

国道沿いには海の家のような簡易食堂や出店のようなお菓子屋さんに釣り餌を売る店などが、所々に並んでいました。夏休みの最中で、イモ洗いのように人が海水浴をしている脇で、しかもせいぜい七尺か八尺しかないおもちゃのような釣り竿に竿一杯の道糸とハリスで餌を付けたところで釣れるわけもありません。

僕たちが竿を出したところから南に百メートルぐらいだったでしょうか、桟橋が数十メートル沖に向かって延びているところがありました。そこは釣り人で溢れていました。デキハゼが数釣れる時期でしたから海水浴客のいない少し沖目まで出ているその桟橋は人気だったのでしょう。でも、初めて釣り竿を手にする幼児の僕にはそんな混雑する場所で釣りなど無理だし誤って落ちたら大変ですので、父さんはそこには連れて行きませんでした。

三歳の僕はもう帰りたくて仕様がありませんでした。そんな気持ちをすぐ感じ取り、母さんは気落ちしている僕の手を引いて二人で先に帰ることにしたのでした。きっと不憫に思えたのでしょう。国道沿いを歩いていると、お菓子屋さんでキャラメルを買ってくれました。一粒二粒食べてどうやら父さんと兄ちゃんに残しておくことにしたと記憶していますが、その先は思い出せません。

父さんと兄ちゃんはもう少し頑張ったようですが、ハゼであろうと水深は膝小僧くらいまでしかないところで餌のある海底の周りでバシャバシャ水遊びをする人が大勢いるわけですから釣れるはずはないのです。そう、魚がいないのですから釣れるはずはないです。釣りの第一条件を満たしていなかったわけです。魚がいて、次に餌がハリに付いて魚が気が付けることは第二番目の条件です。

無知というのは救いようがないと思うのですが、人の好奇心は時として「なぜ?」という一語が頭から離れなくなり、飽くなき探求心に変わることがあります。小説「河口」では、夏海と娘の美沙は初めて勝に連れて行ってもらった時は観察だけでしたが、大きな獲物を捕える全てを見ることが出来た極めて幸運な出だしで釣りに魅了されてしまいました。実際に竿を握った日は事前学習をした後にセイゴを複数匹ずつ釣り上げるという僕の初釣行とは比べ様もないくらいのビギナーズラックに包まれました。僕がセイゴを釣るに至るまでは年単位の時間が必要でしたのに。

一方、勝のカナダ滞在中に出会った忠雄は、釣り初日にキャンベル・リバーでやはりいい魚を見てしまいましたが、勝との奮闘もむなしく釣果はありませんでした。そして、初めて釣りをした時に釣れないで徒労に終わる場合、勝の「釣りを続けるタイプと二度としたくないというタイプに分かれる」という話が出てきます。忠雄は「どうしても釣りたい方」になりました。

僕の場合は、まだ我慢もできなければ次にどうするということも考えられる年齢ではなかったのかもしれません。ただ、また連れて行ってもらいたかったのです。あの日以来、父さんは情報集めを開始し、金曜日になると新聞に掲載される『釣りだより』の欄をチェックしたり『魚の釣り方』という本を買ってきて読み始めたりしました。

数週間後だったでしょうか、姉ヶ崎の水路でウナギも釣れる足場の良い好釣場のことをどこかから掴んできたのです。父さんがある日、「日曜日に行くよ」と言った日からもう待ち遠しくて仕方ありませんでした。

土曜日の晩は釣りの話と準備が嬉しくて、父さんも兄ちゃんと僕の間で寝てくれるのでした。寝なさいと言われても、ワクワクしてなかなか眠りに入れなかったのです。それでも、いつの間にか寝入ってしまうと、今度は朝早く起きるのが辛かったのですが、長靴を履いてしまえば兄ちゃんと何匹釣るぞとか、でかいウナギを釣るぞなどと、夏海と美沙のとらぬ狸の皮算用と同様なことを楽し気に話すのでした。母さんにすれば、束の間の休息だったと思います。

釣り場の水路に流れ込んでいる僕でさえ跨げる細流にいい型のハゼが何匹も入り込んでいて人影が写るや否や一気に釣りをする水路に逃げ込んでいく様子が見えました。初めて生きたハゼの成魚を見て感動すると同時に釣りたい気持ちが爆発しそうでした。

父さんは二人の息子に竿を準備してやる時こう言ったのです。

「魚が食うと、ビリビリくるからね」と。僕はビリビリというのは電気の事しか知らなかったのでちょっと不思議で怖かったのです。残念ながら、初めてそのビリビリというのをどう感じたかも、また最初の獲物がどんなハゼだったかも覚えてはいません。ただ、よく釣れて、小指ほどの太さで釣り人が「メソッコ」と呼ぶウナギも釣れて大喜びをしたのでした。そして、ここの釣り場に何度も通い少しずつ釣りの知識が自然に蓄積し始めたのです。

ハゼがどう釣れるのか理解した頃に、おそらく翌年の春だったと思いますが、父さんは僕たち兄弟といとこのお兄ちゃんを連れて四人でフナ釣りに挑戦しました。

佐倉市を流れる鹿島川は当時国道２９６号と交差する辺りはくねくねと曲がった川幅の狭い状態で、両岸には家族連れでフナ釣りを楽しむ人で賑わっていました。釣れたフナをビニールバケツやズックビクに生かしてあるのを見て、僕は早く釣ろうよと何度も父さんにせがんでいました。でも、父さんは静かにしなさいと言うばかりで、川岸伝いに釣り人がいなくなる辺りまで歩かせました。そして、枯れた葦が多く残っていて鳥の声しか聞こえない川岸で道具を下しました。すると、父さんがすぐに、「フナは警戒心が強くて、大きな音がするとサッと逃げてしまうんだよ」そう、僕らに言いました。なるほど、ハゼを釣っていて大騒ぎしていた釣りとは違うんだ。静かに釣りをしないと釣れないいんだ。だから、早々に釣れてしまった多くの釣り人が居る所では望みは少ないと判断したんだ。まだ、竿を入れていないと思われるここまで歩かせたのはそういうわけなんだ―もうすぐ小学生になる僕はそう考えました。

釣りをするのが初めてのいとこのお兄ちゃんに比べて僕らはハゼとウナギを釣ってきた経験があ

ることが自慢だったのに、年上の分だけ理解が早いわけで、準備ができると僕らから離れて枯れた葦の間に踏み入ってそっと仕掛けを下すと程なく「釣れたよ！」と戻ってくるのでした。兄ちゃんにも一匹、そして当然のごとく父さんも釣ったのでした。この日、僕だけが釣れませんでした。でも、釣ったフナを家で飼うことになり、釣れなかったことは残念なのでしたが、もう心の中は家で生きたフナを毎日見られるという喜びでいっぱいでした。

フナ釣りを初めて経験したわけですが、釣り人の知恵というか、誰が始めたのかわかりませんが、釣りに大根とかニンジンを持っていくのが滑稽でした。餌はミミズも使いましたが、まだ早春の頃で赤虫（ユスリカの幼虫）やボッタ（イトミミズの一種）が主流でした。母さんから大根を輪切りにしたものを人数分作ってもらいました。父さんが準備してくれた赤虫はお茶殻と一緒に濡れた布切れで包んでありました。赤虫を数匹大根に載せ、赤い体液が出ないように頭のところだけ慎重に数匹チョン掛けしてウキ釣りをするのでした。ボッタは掴むことは不可能なほど細いので塊になっているところをひっかくように数回針を入れて刺さった分だけを使いました。

餌を付ける前には、ウキ下を測るために針に消しゴムを付けたのです。現在は「棚取りゴム」として釣りに特化した製品が売られています。これは必需品かもしれません。僕がここで述べているフナはいわゆるマブナのことで、植物性プランクトンを食べて大型になるヘラブナのことではありません。雑食ですが基本は生餌を食べています。ですから、底生動物が餌になるため川底や湖底を釣るにはウキ下は正確な方が良いのです。

またしても、僕がこのような習性を持つフナを釣るまでにはまだ結構な時間が必要でした。やはり姉ヶ崎の山の中に向かってひたすら田園の道を歩いて行くと、今はもうないと聞いている大小二つの池があり「モグラ堰」という名で呼ばれていました。農業用水の池だったようですが、ヘラブナ、マブナ、コイが放流されていて有料でしたがどれもよく釣れる釣り場でした。

春も爛漫の頃には水温も上昇し、いわゆる乗っ込み期を迎え、ヘラブナのはたきというものを初めて見ました。もう圧巻の一言でした。僕らはまだマブナ釣りでしたが、父さんの会社の同僚のNさんがヘラブナ釣りをするのでした。当時、ヘラ釣り師の間でNさんは名が知られていたようで、彼がこの釣り場に来ると周りは自分の釣りをほったらかして名人の釣りを見ようと大変なギャラリーとなるのでした。見事な竿の振り回しと鋭い感覚で次々にヘラブナを手玉に取っていました。

乗っ込み期のある時、小さいほうの池の東から北岸の真菰地帯で大きなはたきが見られました。Nさんは九尺のヘラ竿で真菰と葦が茂げり、ヤマカガシが足元を往来する中に何とか釣りのできる空間を見つけ大型を二枚釣りました。僕たちはそんな立派なヘラブナを見ることは勿論初めてでした。体高があって受け口で大きな銀鱗を纏う姿が僕らを即座に虜にしました。普通は釣るだけの釣りで、針に返しのないヘラ針を使いヘラビクに入れた魚は帰りにビクの底の紐を解いて放して帰る（今は魚のためにビクに入れずにすぐ放しています）のですが、Nさんは僕らのために見せてあげたかったのと、父さんが正月用に甘露煮を作ろうと、それまで釣ってきたフナを素焼きにして冷蔵庫に貯めていたので、それらに添えて下さいという意味でプレゼントしてくれたのでした。僕は子供心にヘラブナの美しさが焼き付いてしまい釣りたくて仕方無い気持ちになりました。

釣りの第一条件はそこに魚がいることと申しましたが、それを拡大解釈していただけるという希望で寄せ餌或いは撒き餌の意味を考えてみましょう。

ハゼ釣りはそこに多くの魚が群れを成して湧いているような状態で次から次へと掛かります。ところが、ヘラブナ釣りではやはり群れということでは同じですが、底に腹を付けている魚たちではなく、中層を回遊している魚です。ですから、活動時に餌を求めて動いてるので、餌がないところに留まることはしません。このため、ヘラブナ釣りでは基本は寄せて釣るというのが建前です。

しかし、あちこちに餌が散っていては魚も迷うでしょう。Nさんのように、仕掛けを振り込む度にいつも同じところに餌が落ちて行く竿さばきの技術が必要です。そして魚が寄ってきてそこに留めるようにしてこそ釣果が上がるということになります。

そうは言っても、時期や水温に代表される水の状態などで、打ち込んでいる餌の効力が届かないところにしか魚が回っていないとすれば、そこには魚はいないということになるのです。

マッシュポテトや麸、これらに小麦粉やその他の集魚剤を混ぜて団子にして針に付けて餌にするこの釣りは、正に人の知恵が凝縮されていると思います。餌が解けてばらけて沈降していくとその分だけ仕掛けは軽くなるので目盛りを付けたヘラ浮子が上昇することでこの現象を伝えてくれます。釣り人は竿を上げて再び団子を付けて同じところに振り込みます。

僕はこの釣りをするには、まず、あの独特なヘラ浮子が無くてはと思い、プラモデルの塗料を使って細いセルロイドのウキに目盛りを付けてゴム管を刺す部分辺りはカットしてトップとし、土産物の入っていた桐箱の一番太い部分を加工して張り合わせてからプラカラーを塗ってボディにしました。そのてっぺんを削ってトップをくっ付けられるようにします。次に母さんの手芸用品箱からリリアンを少しだけいただいておきます。竹ひごを削ってウキゴムを付ける部分を作ってボディにリリアンで接続して、最後に目盛りの付いたトップをボディのてっぺんに刺して接着すると、子供の作るヘラ浮子が出来ました。勿論桐材が無ければ、トウガラシウキをボディにして加工する手間を省きました。

僕が満足のいくヘラブナ釣りができたのは、このウキを使って房総丘陵の三島湖に行った時でした。小学校の四年生の春、父さんと二人でした。午前中はミミズと赤虫を使う父さんにはマブナとヤマベ（オイカワ）がよく釣れていました。更に、珍しい事に、尺近いヘラブナまで生餌で釣れてしまってびっくりしました。一方、僕は練り餌でヘラブナが寄って来ることを念じてじっと餌の打ち返しで我慢していました。水温が十分でない初期だったこととジャミを出来るだけ寄せたくなかったので、バラケを作らずオカユ練りだけでやっていました。それで、ヘラが寄るのに時間がかかったかもしれません。でも、自作のヘラ浮子が動き始めたように思え、今がアワセのタイミングと思ったら、左の手首が上を向いたのですが、根掛かりのようにガツンという衝撃で十五尺のグラスロッドは奇麗な弧を描いているではないですか！　Nさんがモグラ堰で見せてくれたあの姿に自分がなっていることに感激しました。でも、たも網はありませんでしたので、ビクで掬うしか他に方法はありませんでした。尺近い奇麗なヘラブナを全て独力で釣ったのです。ウキ作りから始めて、現場では父さんのバカ釣れに圧倒されながらひたすら餌打ちを数時間続けて1枚を釣り上げられたことで、自分は一人前になれたと思いました。この日は、この後もアタリは続き、数十枚を釣りました。

釣りを始めて七年目で自力で釣ることの意味と一つの魚種を知るところまでたどり着いたのです。その間、稲毛の海岸では埋め立て工事が行われ干潟はどんどん消えて行きました。埋め立てられた岸壁からは、冬はカレイ釣り場として多くの釣り人が投げ竿を並べました。消波ブロックが沈められたところではアイナメやメバル、そしてシマダイが釣れました。夏の夜釣りではカンテラを使ったゴカイの房掛けでのセイゴ釣りも賑わいました。サッパやイワシも楽しめました。もともと砂地であったので、イシモチやシロギスも顔を出し、夜釣りではアナゴもウナギも僕の魚捌きの練習に十分な量が釣れました。このことも小説の中では、勝の包丁使いに驚嘆する夏海の様子が述べられています。

さて、ここまで僕の少年時代の釣りとの遭遇のほんの一部をお伝えしてきました。何もかもがまさに未知との遭遇です。もうお分かりだと思いますが、釣りの極意の一つとして、魚の種類だけそれぞれの釣り方があるのです。併用可能なものも多々ありますが、狙う魚によって適切な道具が必要です。だから、少年ができる釣りには経済的不可能が重くのしかかるのです。つまり、自分が居住しているところから釣行可能にする場所がほぼ自動的に決まり、そこで釣れる魚種がターゲットになるわけです。友達同士で徒歩や自転車でいけるところがメインになると思います。多くは、フナとコイ、海が近ければシロギスにイシモチ、そしてアジやイワシなどでしょう。

現在は、ルアー釣りが盛んですので、海の釣りなら、秋も深まったころにはこんなところまで青物が回遊してくるのかと驚かされたりします。冬から春にかけて環形動物であるゴカイやイソメの仲間が産卵のために地中から出てくる、釣り人が「バチ抜け」と呼ぶ現象に出会うときはいい型のスズキが狙えます。これに続く五月から六月は、アユが遡る時期となりこれを待ち構えるスズキはたらふく食べていてよく太っているものです。これなら、河口で狙うのもさらにロマンがありますね。もちろん湖沼の釣りでも、乗っ込み期ならフナでもコイでも普段は釣れないような大型が手にできるチャンスです。

僕はほんの数年前まで何年か続けて乗っ込み期に利根川水系の水路に熱中したことがあります。三月初めから五月まで尺上から尺四寸までの乗っ込みベラがよく釣れました。水深は五十センチ程度のまさに小川のようなところです。のんびりと腰を下ろして緩やかな流れのある水路でおにぎりをほおばりながら、八尺のヘラ竿ですぐ目の前に仕掛けを入れて静かにウキを眺めるのは心が休まるものです。

でも、入ってくるのはヘラブナばかりではありません。違法放流されたのか、洪水で養殖場から逃げたのか、アメリカナマズが定着してしまっているようで、仕掛けをダメにされるのでヘラ釣師には厄介者です。そして、三尺はあるような巨鯉も普通にいます。

僕は竹竿が好きで中古品で手の届くものを使いますが、ヘラブナしか食わなかった翌週、この巨鯉がいることに気付かず、おそらくスレ掛かりだったと思われますが、竿を握りの上から折られて泣きを見ました。やはり、釣り堀以外では竹竿は硬調子であろうとも使ってはならないという現在のヘラ釣り常識を破るからそういうことに陥るのですね。

これは、大型を狙おうと仕掛けを通常より太目にするので簡単には道糸もハリスも切れないことと、竿が短くて弧を描こうとすればするほど両腕を竿の一部にしようと伸ばしてみても、握り付近にどうしても力がかかるため巨鯉の力に対応できないからです。もっとも、この後からはグラスファイバーの振出竿を使うようにしましたが、やはり二本ばかりやられました。また、繋ぎ竿では穂先が抜けてしまうことが多いので養生テープを巻いて使う方が安心です。

同じ時期ですがヘラブナが釣れた翌週に同じ場所で雨後に竿を出した時、水路のどこに餌を入れようと、マブナが入れ食いとなり何十匹釣ってもヘラブナとコ

イは皆無でした。このように、海でも川でも乗っ込み期をメインに捕食者と非捕食者の関係、或いは繁殖の習性を知ると興味深い現象が経験できるのです。正に「未知との遭遇」です。

同じ釣場に何度も通っているうちに釣れる時と釣れない時を経験しますが、双方に必ず理由が存在します。同じ釣り場であろうとも、次に来たときは全く同じということはないのです。ただ、とりわけ釣れなかった時こそ、「なぜ」が頭に浮かびますが、釣れた時はひたすら嬉しくて、釣れた理由は考えない釣師が多いと思います。小説の勝はそこが違っていたかもしれません。

僕もこのエッセイの前の方で使いましたが、ビギナーズラックという言葉をこの世界ではよく耳にします。初心者が、熟練者もなかなか御目に掛かれないような釣果を出してしまう時ですが、これは偶然ではありません。

おそらく道具を準備してもらい「これをこうやってね」と釣具店の人や、船釣りなら船長などが教えてくれるでしょう。手解きをしてくれる師匠や仲間がいれば同行して面倒を見てもらえるでしょう。そしてビギナーズラックになることがあるわけですが、その時の釣りの条件を満たしていたから釣れたという必然なのです。言い換えると、偶然と言うのは人の側の心の都合で発せられる言葉に過ぎず、全ての現象は必然であると思います。予期せずして級友に合えば、それは偶然と呼べばいいのです。でもそれは、やはり必然であると僕は考えます。人は何でも自分の心の動きでそれを運命的な出会いだと思えばそのように取り扱い、どうでもよいと思えば、その出来事に名称など付けません。

話を釣りに戻すと、ビギナーズラックは必然なので、その時のプロセスは大切に扱わないといけません。本当に精通した釣り人は釣れた人のウキ下や、餌、仕掛けの投入点、その時の水の様子やその人がやっていた場所の地形と時間を同時に観察して理解してしまうものです。

しかし、似た条件であっても、そのビギナーズラックの釣り方を利用したからと言って必ず同じように釣れるわけでもないので、自分の引き出しの一つと考えればよいのです。つまり、釣りの条件の三つ目ですが、魚がいて餌が置かれていても、魚の食い気が無ければ釣れないのです。際限なく食べそうな飼育下の金魚であっても、餌をやって満たされると明らかに食の進みは鈍化し、水槽の底に餌が余っているようならしばらくは食べません。むしろそれほど与えては水質を悪化させ餌の過剰摂取になるだけです。

また、大きな魚になれば、テリトリーを持つものもあり、その主が釣られてしまえば、その後釜が来るまでは、なかなか釣れないでしょう。例えば、クエのような巨大な魚はよい例になると思います。

さて、みなさんは、魚の口を注視することはあるでしょうか。魚たちの食性は口を見ると良く分かります。青物のように常に泳いでいてあまり餌を嚙んでいる暇のない魚の多くは、ほぼ丸飲みにしてしまう類です。嚙んで砕いてという口の動きはあまりないわけです。そもそも、餌を砕く歯は持っていないのです。ですから、これらの魚たちの魚信は明確で勝負は早い傾向と言えます。

河口の大物のスズキは虫エサを使えば一気にウキが消し込むわけではなく、あの受け口とざらざらの歯で食い込む前にちょっと咥えて吟味しているようなことが多いのです。それが小説の中では勝の最初の釣り講座でトロフィーサイズのスズキを釣るシーンに描かれています。流れているウキが止まってみたり、チョンチョンと小魚が餌を咥えられずに突いているような微妙な動きが伝わるところが前アタリなわけです。

魚の多くは総じて受け口です。これは上から落ちてくる餌をこぼさないようにすることが大切なためにそうなっていると言われています。いずれにしても、この仲間の多くは噛み砕く歯を持たないので大物を掛けて切られるのは、口以外の部分にハリスが触れることに依るわけです。

一方、釣り物として人気のあるシロギスのように下を向いている口を持つものは、砂の中の餌を探して食べるのに適しています。しかし、噛み砕く歯はありませんので餌は突かれながらも飲み込まれるのは早いわけです。

そのシロギスを釣っていて、キスのアタリとは異なるコツンコツンと感じる場合や、仕掛けが弛んでいるために魚信が無く餌が付いていないのかなと思って仕掛けを回収してみると、「あっ、針がない！」ということがあります。そして、釣れてみれば、クサフグであることが多いですね。うまく釣り上げてもハリスを見ると噛まれていて魚が暴れると切れてしまう経験も多いでしょう。フグたちは鋭くて包丁の刃を馬蹄形にしたような歯を武器に何でも噛みつくのです。

サケマスの仲間は御存じの通りギザギザののこぎり状の刃を持っており内側を向いていて噛めば餌は逃げられません。あとは、丸飲みにしてしまいます。特に大型のイワナの胃からは蛇やネズミなどとんでもない生き物が飲み込まれていることがあります。僕は釣った１７センチから尺までのイワナを数匹飼っていましたが、ある日仕事から帰ると尺イワナは小型のイワナを頭から身体半分を咥えていました。自分の身体の半分以上のものを共食いしていたのですからびっくりしました。

歯のある魚たちの中で僕の大好きなイシダイとイシガキダイはユニークです。鳥のような口ばし状の歯を持ちます。そして、上下左右四枚に分かれています。この強靭な歯と顎の力で、カニの固い甲羅も、サザエでもウニでも、バキバキ割って中身を食べてしまいます。この歯の構造上、歯にはほぼ掛からず口の横（カンヌキ）に掛からないとバレやすいのです。軸の太い石鯛針を使いますがそれでも変形されてしまうことがよくあります。歯は欠けてもまた生えてくるので無敵の歯です。イシダイ・イシガキダイ、そしてフグ等の噛み砕いたり噛み切ったりする歯を持つ

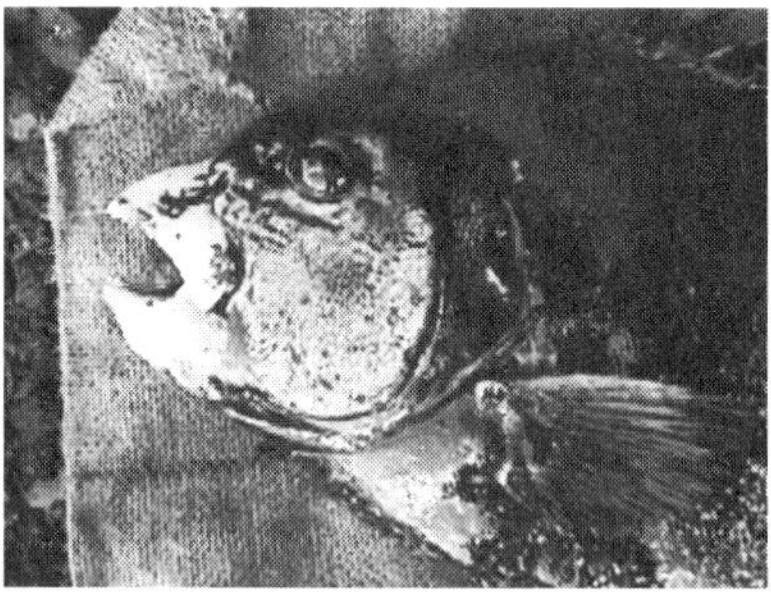

魚には釣っても噛まれないよう注意が必要です。

　さて、この歯の持ち主であるイシダイ・イシガキダイの魚信を考えると餌の種類と硬さ、置かれた場所によって興味深い現象が起きる予感がしますね。餌をいきなり丸飲みにすることは百パーセントないと言っておいた方がよさそうです。

　この魚の幼魚はシマダイと呼ばれることが多いですが、イソメ類もよく食べるので防波堤や小磯でも釣れます。まだこの鳥のくちばし状の歯がそれほどの大きさでないうちは元気のよいエサ盗りです。僕は十センチほどのシマダイを水槽で数年飼ったことがありますが、二十センチを超えるくらいになった時のことです。水を替える際にフジツボの幼生が海水に交じっていて、水槽の中に入れておいた石に付着し十個程度が直径一センチ弱ほどの富士山型に育ち、六対の蔓脚

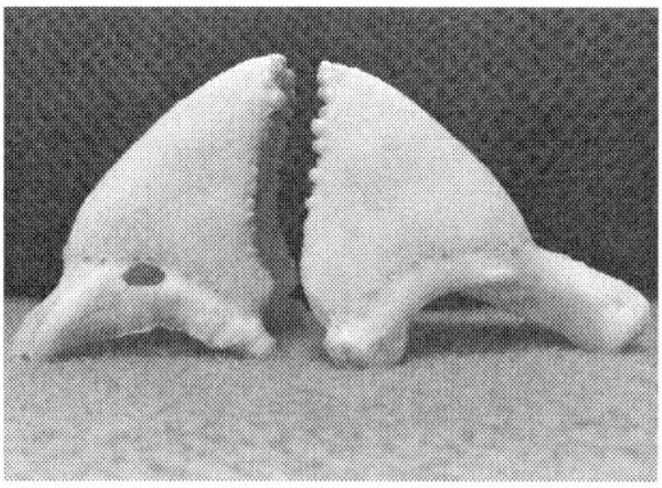

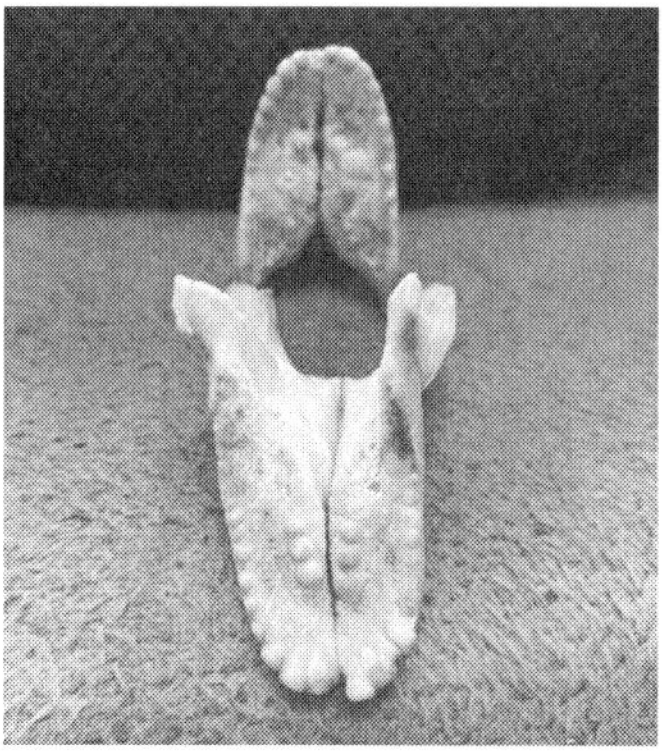

（まんきゃく）と呼ばれる足でプランクトンを捕えて口に運んでいたようです。水槽でこの蔓脚をゆらゆらさせている姿を見ることが出来たのも束の間でした。シマダイは僕が見ている時にコッツン、コツンとかじって殻ごとバリバリ食べてしまいました。もう、立派にイシダイの性質を有した魚に育ったことになります。アオイソメもよく食べますが、噛みながら飲み込んだなと思うとまた吐き出して食べ直すこともよくありました。

磯には固い歯を持つ魚が沢山住んでいますから、イソメのような餌はすぐになくなってしまうのも分かります。水温の低い石鯛釣りシーズン初期や逆に水温が下がる初冬などには岩イソメが使われることもあります。通常は、サザエやトコブシなどの貝類、鬼ヤドカリ、カニ、そしてウニが使われます。ウニを使っていればウツボは食いませんが、ブダイの仲間はよく釣れます。サザエやトコブシ、アワビなどは身が固く、魚が噛んだ歯形が付くため、仕掛け回収時に残った餌から魚の種類や大きさをある程度知ることが出来ます。

本当の釣りの対象になる成魚のイシダイが餌を食う時は、餌を咥えると彼らの体重もかかるため竿に出る魚信は重々しいものです。コンコンと穂先をたたくようなアタリが来るものは小物です。

彼らは餌をいきなり咥えず、咥えて噛む前に吹いたり周りを泳いだりするときに餌は煽られるので、まるで小物の魚信のように見えるのです。だから、微妙な竿先の動きを注意しなくてはなりません。よく突然竿が入ったというのはその前アタリを出せない状態で仕掛けが置かれたか、釣り人が見逃しているかのどちらかです。

屋久島では、五キロ以上のイシガキダイのオスであるクチジロが実に巧妙に餌を掠《かす》め取ることがよく知られています。また、咥えて後退りもするので針掛かりさせるのが難しい場合もあります。特に海底付近がだらだらした傾斜があるようなところではよくあるアタリ方のような気がします。どこかでテンションを掛けないといくらアタっていても釣れないという結果になります。イシダイは好奇心が強く学習能力が高い魚として、輪くぐりなどの芸をさせることが出来るのは皆さんもご存じだと思います。それゆえ、屋久島のクチジロ攻略に闘志を燃やす釣り人はいろいろな対抗手段を考えて挑戦し続けています。

それでは、いくつかのエピソードを交えてお話させてください。

僕がイシダイ釣りを本格的に始めたのは大学生の時からですが、石鯛竿は高校生の時に購入していました。でも、竿は買えたのですが、リールを買うお金はなくてスピニングリールでまねごとをしていました。休日の房総半島の地磯には石鯛竿が林立していました。高校生の僕は釣り仲間と三人で安房鴨川まで行って灯台島（荒島）で竿を出しました。時間が経つにつれてどんどん釣り人が入り十名はいたと思います。その中で夫婦で来られた人に一キロぐらいのイシダイが釣れました。釣れる瞬間を初めて見たのでしたが、小型の魚であまり印象付けられることはなかったのでした。ただ、釣れることがあるんだとは思いました。高校時代にイシダイを見たのはそれっきりでした。

大学生になってアルバイトで金銭的に自分の釣りが出来るようになり始めたことで、一通りの道具をそろえてやっと、素人のイシダイ釣りをするようになりました。とにかくポイントと言われるところに餌を付けて投入してアタリを待つということの繰り返しでした。初めての式根島釣行ではアタリで竿が一メートルほど入って戻ってしまい釣れませんでしたが、先輩二人が一キロ前後のワサ（イシガキダイの小型をそう呼んでいる）を三枚釣りました。イシダイは他大学の新入部員が四キロを釣り、実に見事な魚で本当に羨ましかったです。宿に戻って魚拓を取る喜びに包まれていました。

結局僕が初めてイシダイを釣ったのはその年の八月、房総の白浜の沖磯でした。ただ、一キロの小物でシマダイに毛が生えたぐらいでした。大した引きもなかったですが、自力で釣ったことに納得しました。これ以降合宿で三キロクラスのいい型のワサを姿を見ながら取り込みでバラしたり、釣れても皆一キロ台の小物ばかりで本物を手にすることはないままの一年でした。

二年生になる前の三月に屋久島遠征をしました。この時はやはりいいアタリが来て竿が引き込まれて戻らない状態で、食い込みを待てずに勝負に出てしまい失敗してしまいました。

これが後退りのアタリだったんです。針先は僕の方を向いていたわけです。だからこちらが引けば針は掛からずに抜けるだけというわけです。結局先輩たちが二〜三キロ台のワサを三枚釣りましたが、屋久島の魚と言われる五キロ以上のクチジロは幻のままに帰ることになりました。僕はこの時初めてウニを餌にする釣りを経験しました。

また、広大な磯場が何十キロも続いているのですが、いつでもどこの磯でもイシダイが居着いているわけでもありません。それで、イシダイに対する撒き餌の重要性を学ぶ絶好の釣り場でもあることがわかりました。つまり、撒き餌が回ってきた魚の足止めさせるものだということです。だから、上物釣りの撒き餌のように流れてしまっては意味がありません。そこで、付け餌にするウニの芯を取り出した後はさらに砕かずに貯めておいて潮止まりの時に撒いておくのです。その後は餌を付け替えるごとにパラパラと少しずつ撒き続けるようにします。餌盗りが多ければ丸のまま切れ目を入れたり半割にして釣ります。

同年のクリスマスの頃に再度挑戦すると、僕もやっと二・三五キロと三・五キロのワサ二枚を釣ることが出来来、ウニを餌にする釣りに慣れてきたのです。そして、翌年の同じ頃に師匠に出会ったのでした。

クチジロは二十年以上は生きているようなイシガキダイです。捕食における狡猾さは生きて行くうえでとても大事な要素なのです。だから、口にする餌に違和感を覚えると放してしまうようです。そして、前に述べたようにほんの少し穂先を抑えたかなと思うと、わずかな動きだけで後が続かず仕掛けを回収すると空バリになっているという恐るべき相手なのです。

師匠はこの相手には、穂先の抵抗を与えないでやると言うのです。つまり、竿掛けに置くのではなく、手持ちで餌とリールまで出来るだけ一直線になるように構えます。仕掛けはナツメ型錘を使い瀬ずれワイヤーは一ヒロ半とります。すると、そこまでが糸を送れる全長です。ナツメ型錘は真ん中が穴の開いた錘なのでワイヤーを通して道糸とはサルカンで繋ぐため自由に移動できるのはそのサルカンまでというわけです。

食い気を起こさせるために竿を押すように引きに応じて送ってあげますが、この送り方の程度、つまりテンションのかけ方が問題です。ですが、これは自分でものにすることであります。要は、穂先に頼らず手釣りのようにアタリがダイレクトに伝わってくることでそのコントロールを竿ではなく釣り人自身でやるという訳です。

クチジロが引きずろうとする餌をそうは問屋が卸さないぞと言わんばかりに抵抗をかけてやると、だんだんクチジロもエキサイトするのか何としても餌を取ろうとすることで針ごと口の中に入れて反転して走り出すのです。この時、初めてアワセのタイミングになるということです。

小説の中でこれまた僕の師匠がアワセについて言及しているところがありましたように、特別な事情がない限り師匠はこの時以外はアワセをくれないのです。そして、極めつけはそのアワセ方で、普通の釣り人は皆竿を大きくあおることでアワセたと言うでしょう。しかし、竿は大きくしなるほど力の伝わり方は弱くなります。

このことは簡単な実験で誰でも体験できます。竿先を誰かに指で押さえてもらい、竿の曲がりを大きくしていくと、その竿の元を支えている釣り人側に驚くほど力がかかることが分かります。アワセたつもりでもあの固いイシダイ、クチジロのほっぺたを貫く合わせにはなかなかならないのです。

そこで、師匠は竿と仕掛けを一直線で構えるので、そのまま道糸を引き抜く形です。ダイレクトに力が伝わるので掛かり方がけた違いに良くなるのです。

一方、この釣り方に対して、竿で対処する方法で進んできた人たちもいます。イシダイ和竿の登場です。しかも、関東流の起き竿スタイルでやるにはもちろん、張り、腰、撓み、抜けの四要素を満たしながらクチジロを掛けた時に、釣り人がのされず竿が満月にしなって対応できることがまずは条件です。

従来のイシダイ和竿は四キロのイシダイがメインの強度であったかもしれません。クチジロはその倍、八キロをカバーする必要があります。そこで良質の竹一本どりで三本繋ぎの竿を作成することで強度が十分でかつ細身の屋久島対応としたのです。もちろん、それに対応する良質な竹素材を竿師が見つけなければなりません。五百本、六百本、もしかしたら千本に一本程度の割合でしか素材は見つからないかもしれません。

ある釣行時に、宿の主人が、故人となってしまったお客さんの竿を見せてくれたのです。僕も釣行回数を大きく減らして和竿を作成してもらいましたが、この故人の方の竿と同じ和竿師にお願いしたので、作風はよく似ていました。ただ、穂先を見てびっくりしたのです。

それはまるでヘラ竿の穂先とも思える細いものでした。流石にしょわせる仕掛けと餌の重さを考えると竹では不可能なのかもしれないためか、穂先の数十センチにグラスファイバーを使用して残りの穂先部分の竹と調子を見事に合わせてあり奇麗に継がれていました。一体、これはどういうことなのでしょうか。

水深の比較的浅い屋久島の磯で、クチジロは竿一、二本分の水深で食ってくるため、やたらに大きな錘でボチャンボチャン音を立てて投げ込むことはしないのです。そして、出来るだけ抵抗を無くしてアタリを取って食わせたいので、小さなナツメ型錘で対峙するわけです。まるで波止堤防の足元を狙うクロダイのフカセ釣りのような気がしてきます。穂先でアタリを取りたい関東流のやり方を突き詰めたら和竿の良さと、グラスファイバーという合成繊維を足して磯に赴いたわけです。

さて、ここでよく聞かれることがあります。それは、「そんな細い穂先じゃ、折れてしまうのでは」というような。しかし、クチジロを掛ける時は穂先はほぼ真っすぐで、二番から下が曲がってくることになります。穂先はほぼファイトの時には関係がないということです。小説で勝がランカークラスのスズキを掛けた時を思い出してください。乗っ込み期のヘラ釣りで巨鯉が掛って握りの上から折れたお話も紹介しましたので納得いただけるのではないかと思います。

いかがだったでしょうか。歯を持つ魚の代名詞となるイシダイの磯釣りの極意は。この釣りの物語はまたの機会にお伝え出来ることを祈念してこの本を閉じることにいたします。釣りは行くたびに全てが発見の連続で、非日常という未知との遭遇ですね。お付き合いくださり有難うございました。

あとがき

「釣りは俗世間とは別の現実の世界なんだ！」と、大学生になった年のサークルの機関誌に書き残しました。自分でもかっこいい言い回しと思ったこともあって、およそ半世紀の時が過ぎた今でも忘れないでいるのです。その現実の世界で経験してきたことを、定年になる少し前から小説という虚構の中で自由に再現できることに限りない精神世界の広がりを覚えました。いつの間にか物語を書くことが習慣になり、釣りを知らない人でも胸がキュンとなって元気になるような作品が書けたら、現代の厳しい社会で戦っている皆さんに安らぎをもたらす一助になるかもしれないと思ったのです。それが、釣りという文化がどういう形で引き継がれていくことが健全なのか思索を続けながら、やはり言葉の力を借りて誰もがみんな考えて行くべきではないかと思うように至ったのです。なぜなら、釣り人という趣味の釣り師でも釣れる環境は人の生きる環境として豊かであるという証だからです。逆に、プロの釣り師である漁師さんがどんな漁法で漁に出ようとも漁獲量が減って庶民の食卓に魚が載ることが稀になってしまったら、私たちは危険な環境下で生きていることになります。

釣りが余暇として定着して久しいのですが、釣りの技術と釣果が釣りをする人々、或いはこれから始める人々の目、耳、そして心が向けられる一方で、釣り文学は影を潜めてしまっている気がしています。都合のつかぬ時や天候思わしくなく計画した釣行を諦めねばならない時は、自分の釣りを一旦心とともに休息させてみるのも大切です。そうは言っても、一度ならず二度三度と釣行できない状態になるとイライラも募ることを皆さん経験されています。もし、そのような時に読んでいただいて笑みが戻る作品を作り続けていけるとしたら、老釣り師の経験も無駄ではないように思えます。

能書きを言う人は釣りに行かない人ということにならぬよう、自分の釣りは前進させていこうと考えています。また、釣りの楽しみが、周りの迷惑や悲しみにならぬよう一人一人が相手を思いやる心で続けることが釣り文化の誇りとなります。釣りがもたらしてくれる心の豊かさを一人でも多くの方と共有できることを願って止みません。釣り文学のルネサンスなどと言ったら大袈裟で苦笑されてしまうかもしれませんが、私の使命だと勝手に思い込んでいる今日この頃です。

この本を世に送り出すにあたり、つむぎ書房の杉田　透様をはじめ私の出版企画を熟慮いただいた上につむぎ書房様をご紹介いただいた日本橋出版の皆様に心から御礼申し上げます。

令和六年六月三日

釣石美水

釣石美水（つりいしびすい）
1980年早稲田大学卒業。
同年ESL教授法研究のためカナダに留学。カナダ滞在中の週末はフライフィッシングに没頭。高等学校教諭退職後、非常勤講師となる。
釣りは3歳より始まり、少年時代にヘラブナに夢中になる。タナゴ釣りから磯釣りのイシダイ釣りまで淡水海水の両方をマルチにこなすが、イシダイ、イシガキダイ（クチジロ）を求めて屋久島には30年間釣行。小笠原諸島で瀧澤作の和竿でイシガキダイ（クチジロ）を釣り、その竿のすばらしさをこよなく愛する。

河口

2024年12月4日　　第1刷発行

著　者――― 釣石美水
発　行――― つむぎ書房
〒103-0023　東京都中央区日本橋本町2-3-15
https://tsumugi-shobo.com/
電話／03-6281-9874
発　売――― 星雲社（共同出版社・流通責任出版社）
〒112-0005　東京都文京区水道1-3-30
電話／03-3868-3275

ISBN 978-4-434-34790-0